WIE MAN EINEN COWBOY HÄLT

JESSA JAMES

Wie man einen Cowboy hält: Copyright © 2019 von Jessa James

Alle Rechte vorbehalten. Kein Teil dieses Buches darf in irgendeiner Form oder mit irgendwelchen Mitteln, elektronisch, digital oder mechanisch, reproduziert oder übertragen werden, einschließlich, aber nicht beschränkt auf Fotokopieren, Aufzeichnen, Scannen oder durch irgendeine Art von Datenspeicherungs- und Datenabfragesystem ohne ausdrückliche, schriftliche Genehmigung des Autors.

Veröffentlich von Jessa James
James, Jessa
Wie man einen Cowboy hält

Cover design copyright 2020 by Jessa James, Author
Images/Photo Credit: Deposit Photos: klippel1; Hot Damn Stock

Hinweis des Herausgebers:
Dieses Buch wurde für ein erwachsenes Publikum geschrieben. Das Buch kann explizite sexuelle Inhalte enthalten. Sexuelle Aktivitäten, die in diesem Buch enthalten sind, sind reine

Fantasien, die für Erwachsene gedacht sind, und jegliche Aktivitäten oder Risiken, die von fiktiven Personen innerhalb der Geschichte übernommen werden, werden vom Autor oder Herausgeber weder befürwortet noch gefördert.

ÜBER WIE MAN EINEN COWBOY HÄLT

Als Alex Killarny erfährt, dass die neue Tierärztin in der Stadt niemand anderes ist als seine erste Liebe vom College, bricht die Hölle los. Die Vergangenheit wird ans Licht gezerrt und Madison lässt keine Gelegenheit aus, ihm die Dinge, die sein Vater ihrer Familie angetan hat, um die Ohren zu hauen.

Sie gibt ihm sehr deutlich zu verstehen, dass sie ihn nicht wiederhaben will.

Aber Alex kann ihre heißen Kurven einfach nicht ignorieren. Außerdem brauchen seine Pferde einen Tierarzt.

Wird Madison Alex in einem anderen Licht sehen und ihm vielleicht eine zweite Chance geben?

1

lex

Ich verließ am Morgen das Haus, schloss die Augen und atmete genussvoll die frische Luft ein, die über die Hügel von Kentucky wehte. Es gab heute eine Menge zu tun auf der Ranch, aber ich wollte für einen Moment die Stille dieses abgelegenen Winkels der Ranch genießen.

Mein Vater wusste, was er tat, als er mir dieses Stück Land überließ. Es war kein Geheimnis, dass ich unter den Killarny-Brüdern als Einzelgänger galt. Ich machte die Dinge eben auf meine Weise und wollte entsprechend hier draußen leben. Zwar stand ich meinen Brüdern auf die eine oder andere Weise sehr nahe, aber ich zog mich nach getaner Arbeit eben auch gern in mein Haus zurück. Ich brauchte die Ruhe nach all dem Lärm und der Hektik des Tages. Wann immer mindestens zwei von uns zusammentrafen, endete es entweder in einem Streit oder in einem Ringkampf.

Wir machten uns eben gern übereinander lustig. Meine Mutter war immer sehr geduldig mit uns gewesen, aber ich wusste, dass wir ihr zu Lebzeiten eine Menge Kummer bereitet haben. Sie hatte unermüdlich versucht, uns davor zu bewahren, in Schwierigkeiten zu geraten. Und bis auf ein paar Nächte im örtlichen Gefängnis wegen Trunkenheit war es uns gelungen, schlimmere Dramen zu vermeiden. Wir machten ihr dennoch ständig Sorgen und ich erinnerte mich gelegentlich daran, wie oft sie dafür gebetet hat, dass uns nichts passiert.

Jetzt war meine Mutter tot und seither war auf der Ranch alles anders. Jeder ging seiner Wege und alles änderte sich erst recht, als mein Vater entschied, er wolle fortan in Puerto Rico leben. Eine echte Überraschung war das allerdings nicht für mich. Ich wusste, dass mein Vater mit dem Tod meiner Mutter nicht zurechtkam, und es war vielleicht ganz gut, ein wenig Abstand zu gewinnen, da ihn doch hier auf der Ranch alles an sie erinnerte. Er und meine Mutter hatten nach dem Tod meines Großvaters diese Ranch gemeinsam über sehr viele Jahre bewirtschaftet.

Das Anwesen der Killarnys erstreckte sich über eine riesige Fläche grünen Hügellands. Es war ideal, um Pferde zu züchten. Meine Familie hatte seit über hundert Jahren Erfahrung in diesem Geschäft und die schnellsten Vollblüter gezüchtet, die überall im Land und auf der ganzen Welt sehr gefragt waren. Man konnte nie wissen, wer als Nächstes anrief, um sich nach einem Killarny-Pferd zu erkundigen. Über die Jahre waren Prinzen und Scheichs zu Besuch gekommen, wenn unsere Stuten ihre Fohlen bekommen hatten.

Die Zucht war die besondere Leidenschaft meines Vaters gewesen und in den Jahren, als meine Mutter gegen den Krebs ankämpfte, hatte er damit zurückstecken müssen. Nun lief alles wieder normal, so normal es eben ohne unsere Eltern laufen konnte, und wir erwarteten jedes Jahr mehr Fohlen . Es war um diese Zeit des Jahres, dass unsere Stuten trächtig wurden. Das zu überprüfen, stand heute auf meiner Tagesordnung.

Ich schloss die Haustür hinter mir und machte mich auf den Weg. Bis zum Stall war es von mir aus eine halbe

Meile und ich genoss den kurzen Spaziergang. Noch mehr mochte ich es zu reiten, aber es gab keinen Grund für mich, einen eigenen Stall zu bauen, wie einige meiner Brüder es getan hatten. Ich mochte es, dass mein kleines Haus einsam in der Landschaft stand, wo unsere Wildpferde von den Dakotas grasten. Hinter meinem Haus begannen die dichten, dunklen Wälder. Auch die gehörten noch zum Anwesen, ein Teil davon durfte niemals abgeholzt werden, denn der Wald bildete eine natürliche Grenze zur nächsten Ranch.

Auf dem Weg zum Stall sah ich meine Nichte Emma auf ihrem Pferd Saoirse. Sie hatte mich offenbar nicht bemerkt, sonst hätte sie nicht getan, was ich nun beobachten konnte. Sie beugte sich vor und trieb ihr Pferd über einen Zaun, der absolut nicht dafür gedacht war, übersprungen zu werden. Ich rief nicht nach ihr, denn das hätte das Pferd erschreckt, und nachdem sie das Hindernis erfolgreich gemeistert hatte, gab es auch keinen Grund mehr dazu. Emma tätschelte der Stute den Hals und lobte sie überschwänglich. Ich ging zu ihnen hinüber, ohne dass sie mich bemerkte.

„Also, Emma, weiß dein Vater, dass du hier draußen Sprünge trainierst?"

Erschrocken fuhr meine Nichte herum, ihre Wangen glühten und sie schaute mich mit großen Augen an.

„Onkel Alex! Oh, bitte, sag Dad nichts davon. Er würde schimpfen, wenn er wüsste, dass ich springe."

Sie hatte eindeutig die Befürchtung, dass man ihr für eine ganze Woche das Reiten verbieten könnte. So war das schon gewesen, als ich in ihrem Alter war. Reiten war mein Lebensinhalt, ebenso wie für Emma und ich hatte weitaus wildere Dinge getan, als über Zäune zu springen. Ich erinnerte mich, über eine tiefe Schlucht gesprungen zu sein.

„Versprichst du mir, dass du es nicht wieder tun wirst?", fragte ich und bemühte mich um einen besonders strengen Ton, aber mir fehlte die väterliche Strenge, die mein Bruder Pete immer an den Tag legte.

„Versprochen. Ich warte, bis ich richtigen Springunterricht bekomme."

Ich nickte. „Gut. Aber wenn ich dich doch noch einmal dabei erwischen sollte, dann muss ich es deinem Dad sagen." Ich hoffte, sie würde diese Worte nicht so auslegen wie ich dereinst, nämlich im Sinne von „lass dich eben nicht erwischen".

Sie lächelte und nickte. „Einverstanden."

Emma führte das Pferd um den Zaun herum und ritt über die Weide, während ich mich wieder auf den Weg zum Stall machte und im Geiste die Dinge durchging, die ich heute erledigen wollte.

Ich musste den Tierarzt anrufen, damit er vorbeikam und die Stuten untersuchte, ob sie trächtig waren. Manchmal machten wir das alleine, aber es war nie verkehrt, einen Profi dabei zu haben. Doc Halloran hatte uns viele Jahre mit den Pferden zur Seite gestanden, auch bei den Wildpferden draußen, aber er war kürzlich in den Ruhestand getreten und jemand Neues sollte die Praxis übernehmen. Er hatte uns versichert, dass sich an unseren Abmachungen mit dem Neuen nichts ändern würde und darauf zählte ich. Der alte Mann hatte länger mit Rennpferden gearbeitet, als ich auf der Welt war, vielleicht sogar als mein Vater. Er war über achtzig, da konnte man schon mal den Hut an den Nagel hängen. Ich ging davon aus, dass er seinen Nachfolger mit Bedacht auswählen würde, damit der sich um die Ranches in der Gegend kümmern konnte. Aber es war zu erwarten, dass einige der älteren Rancher zunächst einmal skeptisch sein würden, einfach, weil sie allem Neuen erst einmal skeptisch gegenüberstanden.

Die Stalltür quietschte, als ich sie

öffnete und ich machte mir eine geistige Notiz, bei meiner nächsten Fahrt in die Stadt etwas Kontaktspray zu kaufen. Außer mir würde sich doch keiner drum kümmern. Ich hätte es natürlich einem unserer Mitarbeiter auftragen können, aber wenn ich darauf gewartet hätte, dass einer meiner Brüder es überhaupt merktr, dann würde es ewig dauern, bis sich jemand kümmert. Pete war zu beschäftigt mit dem geschäftlichen Teil, daher konnte ich ihm keinen Vorwurf machen. Er musste sich nicht nur um seine Tochter kümmern, er war auch noch frisch in einer neuen Beziehung. Auf meine anderen Brüder war in dieser Hinsicht kein Verlass. Jake machte immer sein eigenes Ding und die Zwillinge taten, was ihnen gefiel, sobald die Arbeit erledigt war. Stephen und Sam waren die Jüngsten und wurden ihrem Ruf gerecht. Zwar konnte man ihnen Aufträge erteilen, aber viel lieber trieben sie ihre Spielchen, als Dinge zu erledigen. Ich war derjenige, dem Kleinigkeiten auffielen und der auf solche Dinge auf der Ranch achtete. Ich wusste nicht, ob das eine gute Sache war oder vielleicht ein Hinweis, dass ich ähnlich wie mein Vater eine Obsession entwickelte. Vielleicht kompensierte ich damit seine Abwesenheit.

Ich zog ein kleines Notizbuch aus der Brusttasche meines Hemdes und machte mir Notizen zu den Stuten, die getestet werden sollten. Sie waren über drei Ställe verteilt, es würde eine Weile dauern, diejenigen notiert zu haben, die in den letzten Wochen beim Hengst gewesen waren. Wir führten genau Buch darüber, welche Stute wann dran war, aber vor einem Monat hatte es einen Zwischenfall gegeben. Nevada Rebel, einer unserer störrischen Hengste, war über einen Zaun gesprungen und zu einer Gruppe von Stuten gelangt, bevor es jemand hatte verhindern können. Normalerweise habe ich solche Dinge im Auge, denn wir züchten natürlich gezielt, um möglichst gute Ergebnisse zu bekommen. Aber Unfälle passieren eben. Und falls eine der Stuten, denen Nevada Rebel einen spontanen Besuch abgestattet hatte, zufällig trächtig sein sollte, dann müssten wir per DNA-Test nach der Geburt die Vaterschaft des Fohlens ermitteln. Das war teuer, musste aber sein für die Zucht. Niemand würde viel Geld ausgeben, wenn er nicht absolut sicher sein konnte, welcher Hengst beteiligt war.

Auf dem Weg zum zweiten Stall gesellte sich mein Bruder Jake zu mir, mit dem Sattel auf der Schulter. Er wischte sich den Schweiß von der Stirn und ich konnte sehen, dass er heute schon fleißig gewesen war.

„Wo willst du hin?", fragte ich.

Er nickte Richtung Stall, wohin ich auch unterwegs war. „Ich möchte mit einer der Einjährigen arbeiten. Ein Paar aus Texas möchte sie vielleicht kaufen, daher möchte ich sie schon ein wenig trainieren, damit es weniger Arbeit für die beiden ist. Sie sind schon etwas älter und ich glaube nicht, dass sie der Aufgabe allein noch gewachsen wären."

Ich nickte. „Welche denn?"

„Pineapple."

Ich blickte auf meine lange Liste, um sicherzugehen, dass sie nicht dazugehörte. Wir hielten die Einjährigen immer getrennt von den Hengsten, aber sie hätte bei den Pferden auf der Weide gewesen sein können, die Nevada Rebel besucht hatte. Es wäre nicht gut gewesen, eine schwangere Stute nach Texas zu schicken. Zu meiner Erleichterung stand sie aber nicht auf meiner Liste.

„Sie ist etwas scheu", meinte Jake. „Ich fange mit einfachen Sachen an und probiere es mal mit einer Fahne. Sie lässt sich sehr leicht von beweglichen Objekten erschrecken, daran müssen wir arbeiten, bevor ich sie auf den Anhänger führe."

„Gute Idee", sagte ich und steckte das Notizbuch wieder ein.

„Und was hast du vor?", fragte er mit Blick auf den Notizblock.

„Ich mache eine Liste der Stuten, die der Tierarzt sich ansehen soll, wenn er das nächste Mal kommt."

„Ah, richtig." Er nickte. „Der neue Tierarzt in der Stadt. Ich habe noch nicht einmal seinen Namen mitgekriegt. Wen hat Doc Halloran denn da angeschleppt?"

„Keine Ahnung. Aber ich hoffe, er ist gut. Ich will mich nicht auf die Suche nach einem anderen machen. Wir haben immer so viel für ihn zu tun."

„Ich habe allerdings gehört, dass es sich dabei um eine Frau handeln soll."

Ich blieb stehen und starrte meinen Bruder an.

„Im Ernst? Der Doc hat eine Frau als Nachfolgerin eingestellt?"

Jake nickte. „Hat mich auch überrascht. Einige der älteren Leute werden damit sicher ein Problem haben. Nicht ihres Aussehens wegen, denke ich. Aber sie waren ohnehin schon skeptisch, wie immer, wenn jemand Neues in die Gegend kommt, aber die Tatsache, dass es sich um eine Frau handelt, macht alle noch mal zusätzlich unsicher."

Ich war nicht so altmodisch oder rückständig wie einige andere Rancher in der Gegend, aber es überraschte mich auch nicht, dass sie gegen eine Tierärztin waren. Es gab bestimmt einige in der Gegend, man hatte so etwas munkeln hören, aber in den letzten fünfzig Jahren hatte sich Doc Halloran um die Tiere der umliegenden Ranches gekümmert und man hatte sich an ihn gewöhnt. Es war schwierig genug, sich an einen neuen Tierarzt zu gewöhnen, und dann noch eine Frau? Nicht wenige hier waren in ihren Ansichten noch ziemlich patriarchalisch eingestellt, was die Rolle der Frau anging. Eigentlich hatte ich gedacht, dass Doc Halloran in diese

Kategorie Mann gehörte, die meinten, sie könnten bestimmen, was Frauen tun durften und was nicht. Immerhin ließ das den Schluss zu, dass er großes Vertrauen in ihre Fähigkeiten als Tierärztin haben musste und es ihm vollkommen egal war, ob sie ein Mann oder eine Frau war.

„Tja nun, ich schätze, sie werden sich schnell daran gewöhnen müssen. Oder sie suchen sich einen anderen. Die Hälfte aller Tierärzte heutzutage sind Frauen. Was auch immer sie für altmodische Ideen im Kopf haben, sie sollten besser darüber hinwegkommen."

Jake nickte. „Das sehe ich auch so."

Wir gingen jeder unserer Wege. Nachdem ich meine Liste vervollständigt hatte, ging ich in die Scheune und machte mich auf der Suche nach einer Flasche Kontaktspray wegen der quietschenden Tür. Der Materialschrank war vollgestopft mit allerlei Kram, aber ich konnte nicht finden, wonach ich suchte.

„Ausgerechnet das, was man braucht, fehlt immer", sagte ich und holte mein Notizbuch wieder aus der Tasche, um das Spray auf die Einkaufsliste zu setzen.

Auf dem Weg zum Truck ging ich kurz ins Haus. Mein Bruder Pete war in seinem Büro und arbeitete am Computer, er blickte kaum auf, als ich hereinkam.

„Brauchst du was?", fragte er.

„Ich wollte fragen, ob ich für dich etwas besorgen soll. Ich bin auf dem Weg nach Ashland, um ein paar Dinge zu erledigen."

Pete dachte kurz nach, dann schüttelte er den Kopf. „Danke, dass du gefragt hast. Was hast du denn vor?"

„Nur ein paar Sachen kaufen. Und wenn ich schon in der Stadt bin, kann ich auch beim neuen Tierarzt reinschauen. Ich will die Stuten zur Untersuchung anmelden und dachte, ich erkläre ihr schon mal, wie das immer bei uns abläuft. Jake meinte, es ist eine Frau."

Pete zog eine Augenbraue hoch. „Das überrascht mich."

„Mich auch. Aber Doc Halloran hätte sie nicht angeheuert, wenn sie nicht wirklich sehr gut wäre. Ich will sie mir einmal anschauen", sagte ich grinsend.

„Benimm dich bitte", meinte Pete beinahe vorwurfsvoll. „Es wäre ärgerlich, wenn wir uns nach jemand anderem umschauen müssten. Wenn du also deine Hände bei dir und dein Ding in der Hose lassen könntest, dann wäre das fantastisch."

Ich warf mit gespieltem Unmut die Arme in die Luft. „Ich habe keine Ahnung, wovon du redest."

Mein Bruder schüttelte den Kopf. „Ich weiß, du tust so, als wären die Zwillinge diejenigen mit einem zweifelhaften Ruf hier, aber du stellst so ziemlich jeder Frau nach, die neu in diese Gegend zieht.

Daher wäre es mir sehr lieb, wenn wir mit der Person, mit der wir auf lange Sicht gut zusammenarbeiten wollen, auf gutem Fuß stehen könnten. Wenn sie nur halb so lange hier bleibt wie Doc Halloran, dann ist das eine verdammt lange Zeit. Also, wenn du nicht die Absicht hast, sie zu heiraten, dann mach einen großen Bogen um sie."

Ich lachte. „Jetzt übertreibst du aber. Ich will sie mir doch erst einmal nur anschauen."

Ich winkte meinem Bruder zum Abschied zu und ging hinaus zum Truck. Damit fuhr ich die lange Straße entlang, die von der Ranch zum Highway führte.

Der Weg in die Stadt verlief ereignislos und so parkte ich meinen Wagen auf dem fast leeren Parkplatz vor McCalls Laden. Ich kannte bis auf einen alle Wagen, die hier standen. Sie gehörten einigen älteren Männern, die ihre Zeit damit verbrachten, im Laden herumzusitzen und Kaffee zu trinken, den Mrs. McCall ihnen jeden Morgen machte, während sie den üblichen Tratsch austauschten.

„Wie läuft es denn so, Alex?", rief Charlie McCall hinter seinem Tresen hervor, als ich die Tür öffnete und eintrat. Über mir bimmelte die kleine Türglocke. Ich hatte das Gefühl, er grinste mich schalkhaft an, aber dafür gab es keinen Grund, es sei denn, einer der alten Knacker auf der Bank hätte gerade einen schmutzigen Witz erzählt.

„Ganz gut, ich brauche eine Flasche Kontaktspray und eine Rolle Schnur, wenn du die passende Stärke hast."

„Kein Problem, du weißt ja, wo alles steht. Ruf, wenn du mich brauchst."

Ich ging grüßend an den anderen Männern vorbei zu den Regalen und suchte nach den Sachen, die ich brauchte. Die Sprays standen weiter hinten im Laden. Ich nahm eine Flasche aus dem Regal, drehte mich um und rannte direkt gegen lockiges, rotes

Haar, etwa auf der Höhe meines Schlüsselbeins.

„Sorry, tut mir leid, Miss. Ich …" Ich erstarrte und blickte in das Gesicht vor mir. Mit Mühe konnte ich einen erstaunten Laut unterdrücken, als ich bemerkte, dass ich Auge in Auge mit Madison Graston stand, der Frau, von der ich dachte, ich würde sie mal heiraten. Wir hatten uns eine Ewigkeit nicht mehr gesehen.

2

adison

Das Schild über dem Eingang brauchte dringend einen neuen Anstrich. Ich war fest entschlossen, das selber zu übernehmen, daher war ich die Straße runter zu McCalls Laden gegangen, um zu sehen, ob Charlie mir ein schönes Salbei-grün mischen könnte. Als ich am Ende der Regalreihe um die Ecke bog, hatte ich nicht aufgepasst und bin in einen Mann hineingelaufen. Seine

Brust war hart und wie gemeißelt, wovon ich mich persönlich überzeugen konnte, denn ich hob meine Hände, um mich zu schützen, nachdem ich gegen ihn geprallt war. Mein Haar löste sich aus dem Knoten und hing mir wirr vom Kopf. Ich hatte den ganzen Tag damit zugebracht, meine Praxis zu renovieren, daher war ich entsprechend gekleidet, mit Farbflecken auf dem Overall und einem alten T-Shirt.

Es dauerte einen Moment, bis mir bewusst wurde, gegen wen ich da geprallt war. Und als ich merkte, in wessen Gesicht ich starrte, konnte ich den Blick einfach nicht abwenden.

Alex machte einen Satz zurück, als hätte er zu nahe am heißen Ofen gestanden und befürchtete, er könne sich verbrennen. Er machte ein paar Schritte zurück und hielt dann inne, um mich anzuschauen.

„Was zur Hölle machst du denn hier?"

Irritiert hielt ich den Eimer mit

Grundierfarbe hoch, mit der ich das Schild über der Praxis neu streichen wollte, sobald ich wieder zurück war.

„Ich brauchte Farbe", sagte ich schlicht. Für einen Moment hatte mich sein Anblick zu sehr schockiert, aber schon bald kamen die verdrängten Gefühle wieder an die Oberfläche. Zehn Jahre hatten wir uns nicht gesehen. Zehn Jahre waren seit dem absoluten Tiefschlag in meinem Leben vergangen. Seither hatte ich nicht mehr mit Alex Killarny gesprochen. Natürlich war mir bewusst, dass ich ihm früher oder später begegnen würde, wenn ich in meine Heimatstadt zurückkehrte, aber ich hatte nicht damit gerechnet, dass es bereits in den ersten 24 Stunden passieren würde.

„Dann bist du also wieder da?"

Ich nickte einfach, er ebenfalls, seine Augen fest auf mich gerichtet. Es war wie eine Herausforderung, aber worum es dabei ging, war mir nicht klar. Ich wusste nur, ich wollte hier weg, raus

aus dem Laden, zurück in meine Praxis, bevor wir noch mehr miteinander reden mussten außer einem 'Hi, wie geht's denn so?'. McCalls Laden war nicht der richtige Ort für ein solches Gespräch, nicht dass ich überhaupt scharf darauf gewesen wäre, aber ich würde es auf jeden Fall lieber ohne die Klatschbasen des Ortes als Mithörer erledigt haben. Was hier vor sich ging, würde sich bis zum Mittagessen in der ganzen Stadt verbreiten.

„Ich … ich muss das hier noch bezahlen. Man sieht sich." Ich fuhr herum und ging zur Kasse. Ich hatte das Gefühl, er folgte mir. Oder zumindest sein Blick tat es. Ich hatte die 10 Dollar schon auf den Tresen gelegt, bevor Charlie fertig mit Eintippen war.

„Ich komme später wieder für die ganzen anderen Sachen, die ich noch brauche", sagte ich auf dem Weg zur Tür. Über mir bimmelte die Türglocke und ich war draußen und schon halb die Straße runter, ohne auch nur langsamer zu werden. Meine Praxis war nur einen Häuserblock entfernt. Ich wollte so schnell wie möglich dahin zurück, bevor Alex den Laden verließ und mir folgen konnte. Ich ging zwar nicht davon aus, dass er das tun würde, aber ich wusste auch nicht, was ihm durch den Kopf ging. Wir waren beide gleichermaßen überrascht gewesen von dieser unerwarteten Begegnung und er hatte ebenso irritiert reagiert wie ich.

Was mich am meisten entsetzt hatte, war die Wucht der Gefühle, die mit Macht wieder da waren. Zehn Jahre hatten wir uns nicht gesehen, zehn Jahre hatte er mich nicht mehr berührt und dennoch spürte ich sofort die Sehnsucht nach ihm in mir erwachen. Es war, als wären wir erst gestern das letzte Mal zusammen gewesen.

Ich hatte gehofft, wir könnten uns nach meiner Rückkehr irgendwie aus dem Weg gehen. Das war nicht leicht, aber auch nicht unmöglich. Vielleicht würden wir uns hin und wieder über den Weg laufen, aber wir könnten jeder unser Leben leben, ohne die Vergangenheit wieder aufkochen zu müssen. Ich wusste nicht, ob sich sein Leben in den letzten zehn Jahren sehr verändert hatte. Meines hatte es ganz gewiss getan. Ich hatte andere Beziehungen gehabt und das College beendet. Wir hatten etwa zur Zeit unseres Highschool-Abschlusses das letzte Mal miteinander gesprochen. Als Erwachsene waren wir uns nie begegnet.

Wann immer meine beste Freundin Lorna mir etwas darüber erzählen wollte, was in Ashland so vor sich ging, hatte ich das Thema gewechselt. Mich interessierte der Killarny-Clan im Allgemeinen und Alex im Besonderen nicht. Sie wusste, dass es für mich zu schmerzhaft war, über sie zu reden. Selbst beiläufige Bemerkungen wollte ich nicht hören und sie hatte sich angewöhnt, sie nicht mehr zu erwähnen, egal um was es ging.

Allerdings hatte ich ihr auch nur wenig über das, was sich damals zugetragen hatte, erzählt. Sie ging davon aus, dass Alex und ich uns einfach getrennt hatten, sonst nichts. Sie hatte als Freundin nie darauf bestanden, mehr zu erfahren.

Ich bezweifelte, dass Alex mit folgen würde, denn ich ging davon aus, dass er mich nie wieder sehen wollte. Dennoch eilte ich in die Praxis zurück. Ich bezweifelte, dass er wusste, warum ich in der Stadt war. Früher oder später würde er erfahren, dass ich die Praxis von Doc Halloran übernommen hatte, aber vielleicht war diese Information noch nicht bis hinaus zur Ranch gedrungen. Er würde es noch früh genug erfahren. Gemäß dem Plan, den Doc Halloran für mich hinterlassen hatte, würde ich nächste Woche zu den Killarnys rausfahren, um ihre Stuten zu testen, ob sie trächtig waren. Aber die Ranch war groß, es war nicht gesagt, dass ich Alex bei der

Gelegenheit überhaupt begegnen müsste.

Aber genauso gut hätte ich ihm dabei über den Weg laufen können. Nun war es eben schon vorher geschehen und ich musste mir darüber keine Gedanken mehr machen.

Lorna befand sich bei meiner Rückkehr im Wartezimmer und packte Sachen aus, um sie auf ihren Schreibtisch zu stellen. Sie würde mir aushelfen, bis ich eine Vollzeit-Sprechstundenhilfe gefunden hatte. Docs Enkelin hatte ihm in den letzten Jahren ausgeholfen und er hatte niemanden mehr fest eingestellt. Nun musste ich das halt übernehmen. Dazu würde ich Annoncen in die Zeitungen setzen müssen, aber das gehörte zu den Dingen auf meiner Liste, die nicht ganz so dringend waren.

Lorna blickte auf, als ich hereinkam.

„Hey, was ist los mit dir? Du siehst aus, als hättest du einen Geist gesehen. Ist alles okay?" Sie sah mich besorgt an.

Offenbar war meine blasse Haut noch bleicher geworden.

„Das kannst du laut sagen. Ich bin eben in Alex reingelaufen, bei McCall im Laden." Ich ging um den Empfangstresen herum und stellte den Eimer mit der Grundierfarbe ab.

„Oh, Mist", sagte sie und hielt sich besorgt die Hand vor den Mund. „Ich schätze …, tja, ist doch gut, dass du es hinter dir hast. Jetzt musst du nicht mehr drüber grübeln, wann und wie es wohl passiert."

Ich schüttelte langsam den Kopf, um wieder klar denken zu können. Ich hatte auch so schon genug um die Ohren, da musste ich mir nicht noch Gedanken um meine verflossene Highschool-Liebe machen. Aber tief drinnen wusste ich, es ging um viel mehr als das.

„Willst du drüber reden?" Lorna war gut darin, mir meine Gefühle anzusehen.

„Nein, vielleicht später. Jetzt will ich

erst einmal das Schild anmalen und wieder aufhängen, damit die Leute wissen, wer die neue Tierärztin ist."

Ich stempelte meinen Namen auf das Holzschild und malte ihn sorgfältig aus. Das dauerte eine Weile. Seit ich ein Kind war, hatte ich so etwas nicht mehr gemacht. Es war schön, mal etwas zu tun, was ich nicht ständig tat. Ich war künstlerisch nicht sonderlich talentiert, aber dank zahllosen Online-Videos und Fotos fand ich genug Inspiration für das Schild. Sobald die Grundierfarbe trocken war, würde ich einen Schutzlack drüber pinseln. Ich wusste nicht, wie lange ich hierbleiben würde, aber da ich mein ganzes Erwachsenendasein mit der Ausbildung zugebracht hatte, ging ich schon davon aus, eine Weile zu bleiben.

Oder eben, solange mein Vater mich brauchte, was vielleicht nicht allzu lange war. Der Gedanke stimmte mich traurig und ich spürte, wie mir die Tränen kamen. Nein, ich würde mir erst später erlauben zu weinen, wenn mich niemand sah oder hörte.

Der Arzt hatte meinem Vater schon vor Jahren gesagt, dass sein Herz nicht mehr gesund war und er Medikamente nehmen müsste. Zwar würde der Herzfehler davon nicht behoben, aber man konnte den Prozess verlangsamen. Aber nach der letzten Untersuchung hatte der Arzt angekündigt, dass mein Vater auf einen weiteren Infarkt zusteuerte. Es konnte ein leichter oder ein schwerer sein, aber letzterer wäre dann wirklich der letzte. Die kleineren Infarkte hatten genug Schaden angerichtet, dass man nichts mehr tun konnte.

Als er mir sagte, wie es um ihn stand, wusste ich, was ich zu tun hatte. Seit einiger Zeit hatte ich mich ohnehin nach einer Praxis umgesehen, die ich übernehmen konnte und die mich in die Nähe der Ranches brachte. Daher hatte ich Doc Halloran kontaktiert. Während meiner Zeit an der Highschool hatte ich bei ihm aushilfsweise gearbeitet und er war mit meiner Familie befreundet, daher wusste ich, dass er bald in den Ruhestand gehen würde. Da war es naheliegend, dass ich zurückkehren und seine Praxis übernehmen würde. Ich könnte bei meinem Vater sein und ihn betreuen, wenn seine Zeit gekommen war.

Er brauchte noch keine Pflege meinerseits, aber ich fühlte mich besser, wenn ich in der Nähe war. Wir hatten eine Pflegekraft angeheuert, die einmal in der Woche bei ihm reinschaute und seinen Herzschlag maß, um dem Arzt einen Bericht zu schicken. Unterdessen tat mein Vater, was er immer getan hatte. Er züchtete Rinder auf dem kleinen Fleckchen Land, das uns noch geblieben war.

Ich malte den i-Punkt über meinem Namen und betrachtete mein Werk. Die grüne Farbe sah gut aus, ein schöner Kontrast zu dem roten Backstein des Gebäudes.

Ich kehre ins Vorzimmer zurück und sah, dass Lorna ihre Sachen zusammenpackte. Ich fand, nun war der richtige Zeitpunkt für ein Gespräch gekommen.

„Hey, willst du noch mit raufkommen und ein Glas Wein mit mir trinken?"

Sie blickte mich über den Rand ihrer Brille hinweg an und steckte sich eine blonde Haarsträhne hinter das Ohr. „Klar, ich habe sonst nichts weiter vor."

Wir gingen hinauf in die große Wohnung über der Praxis und ich holte eine Flasche Sauvignon aus dem Kühlschrank, den ich seit meiner Ankunft kaltgestellt hatte. Ich öffnete sie und füllte zwei Gläser, eines davon reichte ich Lorna.

„Danke, dass du mir so viel hilfst. Ohne dich hätte ich das nicht hingekriegt." Ich lächelte und stieß mit ihr an.

„Ich weiß, du hättest es gern gesehen, wenn deine Schwester dir geholfen hätte, aber Lucy ist beschäftigt und ich helfe dir gern aus, solange es nötig ist." Sie hielt inne und ließ den Wein im Glas kreisen. „Aber ich habe das Gefühl, du möchtest über etwas ganz anderes mit mir reden, richtig?"

Ich nickte. „Bingo."

Es war das erste Mal seit Jahren, dass ich freiwillig den Namen Killarny in den Mund nahm. Ich hatte mich sehr daran gewöhnt, den Namen nie zu erwähnen. Das war leicht, wenn man weit entfernt wohnte und die Leute keinen Bezug mehr zum eigenen Alltag hatten. Aber nun war ich wieder in Ashland und das würde sich ändern. Daher musste ich mich mit meinen Gefühlen auseinandersetzen, die diese Familie betrafen und wollte meiner besten Freundin davon erzählen.

„Erinnerst du dich an das

Wochenende, an dem Alex und ich uns getrennt haben?"

Sie nickte und nahm einen Schluck Wein.

„Wie könnte ich das je vergessen? Du warst danach einen ganzen Monat lang untröstlich und hast dich geweigert, darüber zu reden."

Ich seufzte und dachte zurück an damals. Es war an der Zeit, alles zu erklären, nicht nur, was zwischen mir und Alex vorgefallen war, sondern auch was unsere Familien betraf.

Es fing an, kurz nachdem meine Mutter erkrankt war. Sie hatte eine Muskelerkrankung, gegen die man nicht viel ausrichten konnte. Es gab ein paar Studien zu Medikamenten, an denen sie hätte teilnehmen können, wenn sie denn das Geld gehabt hätte, um die regelmäßige Reise zur Klinik drei Bundesstaaten entfernt bezahlen zu können. Die Rechnungen häuften sich schnell und mein Vater konnte das Geld nicht mehr auftreiben. Die

Viehzucht brachte nur zu bestimmten Jahreszeiten Geld ein, den Rest der Zeit musste man die Tiere pflegen und aufziehen.

Also blieb nur das Land. Er hatte sich an seinen Freund Sean Killarny gewandt, Alex' Vater, in der Hoffnung, sich von ihm Geld für die Behandlung meiner Mutter leihen zu können. Mein Vater war sehr stolz und es war ihm sehr schwergefallen, Sean darum zu bitten. Allein die Sorge um meine Mutter hatte ihn dazu gebracht. Für sie hätte er alles getan.

Sean Killarny besaß mehr Geld als der Allmächtige und jeder in der Gegend wusste das. Er hätte ihm das Geld einfach leihen können. Mein Vater hätte es ihm auf jeden Fall irgendwann zurückgezahlt. Aber Sean hatte genau gesehen, was los war. Mein Vater brauchte das Geld dringend. Er hätte jeder Bedingung zugestimmt. Daher machte Sean einen Vorschlag. Er würde ihm das Geld nicht leihen, aber er würde meinem Vater Land abkaufen, mit dem Angebot, es ihm zum Rückkauf anzubieten, wenn mein Vater wieder bei Kasse war. In der Zwischenzeit könnten wir weiterhin auf dem Land leben und mussten uns keine Sorgen um eine Bleibe machen. Mein Vater bereute es jeden Tag, aber es gab nie etwas Schriftliches. Daher stand ein Wort gegen das andere, als es später zum Streit kam.

Mein Vater vertraute Sean Killarny und zweifelte nicht daran, dass die Absprache genau eingehalten würde. Aber als es dann soweit war und er das Land zurückkaufen wollte, stellte Sean sich auf einmal quer. Er meinte, das Land sei im Wert gestiegen und da es an das Grundstück der Killarnys grenzte, sei es eine gute Investition, die er behalten wollte. Aber wenn mein Vater es unbedingt wiederhaben wollte, würde er es ihm für die doppelte Summe des ursprünglichen Kaufpreises wieder verkaufen.

Das war eine Frechheit und entsprach nicht der Abmachung. Mein Vater drohte mit einer Klage, aber da Sean das Land rechtmäßig gekauft hatte, konnte man nichts machen. Er verlangte sogar von da an eine regelmäßige Pacht, damit meine Familie weiterhin auf dem Land leben konnte. Mein Vater hatte keine Wahl, er tat es.

All dies geschah, als Alex und ich im letzten Jahr der Highschool waren. Ich plante bereits fürs Studium, Alex wollte an eine Uni außerhalb von Kentucky gehen und ein Wirtschaftsstudium aufnehmen. Wir wussten, unsere Wege würden sich trennen, aber wir waren sehr lange zusammen gewesen und dachten, wir kriegen eine Fernbeziehung hin. Vier Jahre waren eine lange Zeit, die wir nicht einfach abhaken wollten. Alex war meine erste große Liebe und ich seine, der Gedanke, einander zu verlieren, war unerträglich.

Aber wir mussten mit ansehen, wie unsere Väter stritten und ich sah, wie meine Mutter langsam dahinsiechte. Die Medikamente wirkten nicht. Mit den zusätzlichen Kosten für die Pacht kam immer weniger Geld in die Kasse, es reichte nicht für die Behandlung meiner Mutter.

Alex und ich stritten uns auch, über Monate. Ich war so wütend auf seinen Vater, dass ich mich nicht mal im selben Raum wie er aufhalten wollte. Alex und ich gingen zusammen zum Abschlussball, aber ich ignorierte die Anwesenheit seines Vaters, als wir uns zu einem Foto vor der großen Freitreppe im Haus der Killarnys aufstellten.

An dem Abend ist die Sache dann komplett eskaliert. Eine Woche vor dem Abschluss, während des Balls, als draußen ein furchtbares Gewitter tobte, schlichen Alex und ich uns aus der Turnhalle der Schule zu seinem Truck und hatten Sex auf der Rückbank. Es war nicht das erste Mal, aber Alex war der erste Mann für mich gewesen und es gehörte zu der leidenschaftlichen Beziehung, die wir damals führten, einfach dazu. Wir stritten uns auch mal, aber wenn wir dann wieder zusammen kamen, war es wie ein Feuerwerk.

Ich zog mir mein Ballkleid wieder an und wurde auf einmal von meinen Gefühlen überwältigt. Wir würden uns bald nicht mehr sehen. Ich fing an zu weinen. Alex versuchte, mich zu trösten, aber ich schob ihn weg, ich war wütend, dass er fortgehen würde, aber noch mehr darüber, dass er der Sohn des Mannes war, der meinem Vater so übel mitgespielt hatte. Alex hatte nichts getan, um ihn davon abzuhalten.

An jenem Abend sagte ich ihm, es sei aus. Aber eine Woche später sah ich ihn bei der Zeugnisvergabe noch einmal. Wir stritten uns wieder. Ich schrie ihn an, draußen auf dem Sportplatz, nach der Verleihung der Zeugnisse, noch mit unseren Umhängen bekleidet. Ich sagte ihm, ich wollte ihn nie wiedersehen. Und so kam es auch.

All das erzählte ich nun ein Jahrzehnt später zum ersten Mal meiner besten Freundin.

„Ich kann nicht fassen, dass du mir nie erzählt hast, was der alte Killarny deinem Vater angetan hat. Das ist ja furchtbar."

Ich nickte ein wenig benommen. „Es war nicht so, dass ich dachte, du solltest nicht wissen, was passiert war, sondern ich hatte einfach keine Ahnung, was ich sagen sollte. Du weißt ja, wie viel Einfluss Sean Killarny in der Stadt hatte. Jeder war mehr oder weniger von ihm abhängig oder stand auf seiner Seite."

Lorna zuckte mit den Achseln. „Das nenne ich schlechtes Timing. Sean Killarny hat die Stadt verlassen. Der wohnt hier nicht mehr. Gelegentlich kommt er wohl noch vorbei, aber eigentlich lebt er in Costa Rica."

Das ergab für mich überhaupt keinen Sinn, aber ich nahm es erst einmal hin. Vielleicht hatte Emily

Killarny darauf bestanden, mehr gemeinsame Zeit im Ruhestand zu verbringen, möglichst am Strand in der Sonne. Meine Eltern hätten sich das nicht leisten können. Meine Mutter war kurz nach meinem Schulabschluss gestorben und nun würde ich auch bald meinen Vater verlieren.

„Es wird auch so schlimm genug sein, die ganzen Brüder ständig in der Stadt anzutreffen."

Sie sah mich einen Moment lang an. „Und du bist dir ganz sicher, dass du nicht noch immer …, sagen wir, irgendwelche romantischen Gefühle für Alex hast?"

Ich runzelte die Stirn. „Im Ernst? Es ist mir schwergefallen, ihm vorhin im Laden nicht ins Gesicht zu spucken. Er ist der letzte Mensch, dem ich begegnen will und ich möchte mit Sicherheit nichts mehr mit ihm zu schaffen haben. Das ist lange her und ich will es definitiv nicht wieder aufwärmen. Ich habe keinerlei freundschaftliche

Gefühle mehr für ihn. Das sind nur noch Erinnerungen, noch dazu keine allzu guten. Wir waren Kinder, Lorna. Man kommt drüber hinweg und lebt sein Leben."

Sie atmete tief durch und nickte. Unser Gespräch wandte sich anderen Dingen zu. Ich war mir nicht sicher, was ich überhaupt damit bezweckt hatte, ihr von dem ganzen Drama zu erzählen, aber ich war es endlich mal losgeworden und nun wusste sie, wie es zu der Trennung von Alex Killarny gekommen war.

Bald darauf verabschiedete sie sich und ich machte mich daran, noch ein paar Umzugskisten auszupacken. Ich wusste, wonach ich eigentlich suchte. Irgendwo war eine Schachtel mit alten Erinnerungsstücken. Darin befand sich ein Foto von mir und Alex, aufgenommen beim Abschlussball. Wir sahen noch so jung aus, so unschuldig. Aber da war etwas in meinem Blick. Ich wusste, woher der Wind wehte. Meine

Mutter war krank, da lag eine Traurigkeit in meinen Augen, obwohl ich in die Kamera lächelte.

Mein 18-jähriges Ich hatte eine Hand auf seine Brust gelegt und das erinnerte mich daran, wo ich meine Hand hatte, als ich vor wenigen Stunden gegen ihn geprallt war. Genau an derselben Stelle. Seine Brust war noch immer hart wie damals, vielleicht sogar noch mehr. Er war breiter, das Haar war noch immer schwarz, er trug es zurückgekämmt. Seine Augen waren dunkelgrau, der Blick war gerade und irritierend, als er mich ansah, ebenso schockiert mich zu sehen wie ich. Ich hatte zwar umgehend die Flucht angetreten, aber ein Teil von mir wäre gern dageblieben, um ihn ein wenig länger zu betrachten nach all der Zeit, sein hübsches Gesicht, die Konturen, die sich verändert hatten. Sein Kinn war noch so wie damals, als er sich mit seinen Bartstoppeln zwischen meine

Schenkel schob und mir zeigte, wie sich ein Orgasmus anfühlte.

Ich drückte meine Beine zusammen, als ich daran dachte, wie es sich mit ihm angefühlt hatte. Wir waren noch sehr jung gewesen. Danach hatte ich andere Männer gehabt, aber keiner war wie Alex gewesen. Niemand hatte mich mit so viel Zärtlichkeit gehalten. Niemand hatte so viel Macht über meinen Körper, brachte mich so oft zum Höhepunkt, bevor er an sich selber dachte. Sobald er in mir war, wurde er von unersättlichem Verlangen nach mir getrieben. Allein der Gedanke daran machte mich feucht. Ich legte das Foto beiseite und bereute, diese alten Gefühle heraufbeschworen zu haben. Gleichzeitig verlangte ich nach Erleichterung. Ich zog mich aus, ging unter die Dusche und verhalf mir selbst dazu.

3

lex

Ich war zu schockiert und konnte nicht so schnell reagieren wie sie. Maddy war aus dem Laden raus, bevor ich überhaupt an der Kasse war. Einen Moment lang stand ich einfach am Ende des Ganges und bemühte mich, meinen Atem unter Kontrolle zu bringen, während ich versuchte zu verstehen, was gerade passiert war. Wieso zur Hölle war Maddy wieder in der Stadt? Und ausgerechnet hier im Laden mussten wir uns über den Weg laufen? Es war ein absolutes Rätsel, dass sich von hier aus nicht lösen ließ. Sie zu sehen, war ein derartiger Schock gewesen, dass ich einfach nur noch bezahlen und zurück zur Ranch wollte.

Dem Gesichtsausdruck von Charlie McCall war deutlich anzusehen, dass er noch wusste, wie Madison Graston und ich einst zueinander gestanden hatten, und nun schien er sich zu fragen, ob mit einer Szene zu rechnen war. Als wir noch in der Highschool waren, hatte sie hin und wieder bei Doc Halloran ausgeholfen und war oft hier in den Laden gekommen, um Besorgungen für den Tierarzt zu erledigen. Charlie kannte uns beide und wusste, dass wir uns einmal sehr nahe gestanden hatten. Und jetzt nicht mehr.

„Brauchst du sonst noch etwas, Alex?", fragte der alte Mann höflich und zog eine Augenbraue hoch.

Ich schüttelte den Kopf, stellte das

Kontaktspray auf den Tresen, bezahlte und wartete auf mein Wechselgeld. „Das ist alles, danke."

Er schob ein paar Münzen über den Tresen, ich steckte sie ein und ging hinaus. Die frische Luft war eine Wohltat. In ihrer Nähe war mir das Atmen schwergefallen, ich hasste es, dass sie so einen Effekt auf mich haben konnte. Natürlich hatte das an sich nichts zu bedeuten. Wir hatten einander seit zehn Jahren nicht mehr gesehen, da war es doch ganz normal, dass mir die Nerven ein wenig versagten. Ich versuchte, mich auf dem Weg zu meinem Truck von dem Schock zu erholen, während ich die Straße auf und ab blickte. Wohin auch immer sie gegangen war, sie war von der Straße verschwunden und ich legte keinen Wert darauf, ihr noch einmal über den Weg zu laufen. Ich startete und wendete den Wagen und fuhr Richtung Ranch.

Erst nach der Hälfte des Weges fiel mir wieder ein, dass ich eigentlich zum Tierarzt hatte gehen wollen. Ich würde es Petes Sekretärin überlassen, den Termin telefonisch zu vereinbaren. Sie hatte ohnehin selten genug zu tun, sie wäre sicher dankbar für jede weitere Aufgabe. Ich wollte außerdem nicht noch einmal umdrehen und Gefahr laufen, erneut Maddy zu begegnen.

Ich war vollkommen verspannt und ein ungutes Gefühl stieg in mir hoch. Ich schob es auf die lange Zeit, die wir einander nicht mehr gesehen hatten, aber ich wusste, es ging um mehr. Sie zu sehen, hatte mich daran erinnert, was ich dereinst für sie empfunden hatte. Ich wollte sie packen, entgegen meiner guten Kinderstube, und sie so eng an mich ziehen wie eben, als sie in mich gelaufen war. Natürlich war ich überrascht von dem Zusammenprall, aber ich war zurückgesprungen, als stünde der Laden in Flammen. Und genauso fühlte ich, als wäre sie ein gewaltiges Feuer, ihr rotes Haar, von dem ich angezogen wurde wie eine Motte vom Licht.

Ich schüttelte den Kopf. Ich sollte nicht fantasieren. Ich hatte sie einige Male gevögelt, als wir noch zur Schule gingen. Darauf lief es letztendlich doch hinaus, nicht wahr? Zwar hatten wir damals auch übers Heiraten geredet, aber das hatte sich erledigt. Nach all dem, was zwischen unseren Vätern vorgefallen war. Nach all dem, was ihre Mutter …

Aber der Himmel war mein Zeuge, Madison Graston hatte sich umwerfend entwickelt. Sie war wunderschön, selbst so schlicht gekleidet. Es war schwer genug, sie nicht an der Hüfte zu packen, sie an mich zu ziehen und ihr ganz genau zu zeigen, was sie mit mir machte, auch nach all den Jahren noch. Sie hatte sich schon ein wenig verändert, sie war weicher geworden. Sie hatte noch immer die schlanke, sportliche Figur wie damals, aber in den wenigen Sekunden unserer Begegnung konnte ich erkennen, dass sie um die Hüfte herum runder geworden war, ihre Brüste waren größer und ihre Augen leuchteten hell und klar. Sie sah einfach umwerfend aus, mit dem hochgesteckten Haar und ihren Arbeitsklamotten.

Warum trug sie einen alten Overall? Das hatte sie früher auch getan, aber ich hätte doch angenommen, dass sie inzwischen einen Beruf ergriffen hatte, in dem Overalls nicht zum Dresscode gehörten. Und dann kaufte sie auch noch Farbe. Vielleicht renovierte sie etwas im Haus ihres Vaters. Ich würde Pete fragen, ob er etwas in der Richtung gehört hatte.

Ich war so sehr in meinen Gedanken mit Maddy beschäftigt, dass ich beinahe die Abzweigung zur Ranch verpasst hätte. Ich stieg auf die Bremse und bog ab Richtung Haupthaus.

Vor dem Haus sprang ich aus dem Wagen und lief in Petes Büro, wo ich ihn zuletzt angetroffen hatte. Er saß noch am Tisch und es sah aus, als würde er sich noch immer mit derselben Aufgabe befassen.

„Hier ist die Rechnung", sagte ich und schob den Beleg über den Tisch. „Aber so kleine Summen musst du mir wirklich nicht erstatten."

„Hat steuerliche Gründe. Du wirst mir noch dafür danken." Er blickte auf und sein Gesicht veränderte sich. „Geht's dir gut?"

Ich schüttelte den Kopf und setzte mich ihm gegenüber. „Himmel, nein. Ich bin gerade Madison Graston begegnet, bei Charlie im Laden. Jesus, Pete. Ich habe sie seit zehn Jahren nicht mehr gesehen und dann taucht sie plötzlich wieder auf. Bin praktisch in sie reingelaufen, buchstäblich."

„Wenn ich mich recht erinnere, war das damals auch schon so bei euch beiden."

Ich schaute ihn finster an. „Fahr zur Hölle. Ich frage mich bloß, was sie hier will. Ich hatte nicht damit gerechnet, sie noch einmal wiederzusehen."

Pete zuckte geistesabwesend die Achseln. „Nun, ihr Vater wohnt ganz in der Nähe. Da grenzt es schon an ein Wunder, dass du ihr bisher nie über den Weg gelaufen bist. Ich bin sicher, sie ist während der Ferien öfter hier."

Das dachte ich auch. Es hatte hin und wieder mal ein fremder Wagen vor dem Haus der Grastons gestanden und ich hatte immer vermutet, dass es ihres oder das ihrer Schwester war. Aber ich hatte mich nie getraut, nachzufragen. Was mich betraf, war sie ein Kapitel in meinem Leben, das endgültig abgeschlossen war. Sie hatte diese Entscheidung vor langer Zeit getroffen.

„Und habt ihr beide euch versöhnt oder bist du mit eingezogenem Schwanz abgehauen?"

„Sie war raus aus dem Laden, bevor ich auch nur ein Wort sagen konnte."

„Nicht, dass du etwas hättest sagen wollen, richtig?"

Ich zuckte mit den Schultern und blickte auf meine Hände, die noch schmutzig von meiner morgendlichen Arbeit waren. „Ich war nie ein Mann vieler Worte. Und es hat keinen Sinn, mich mit ihr zu versöhnen. Es ist alles so lange her und es hat nicht an mir gelegen."

Pete sog scharf die Luft ein. Er wusste besser als jeder andere, wie sich das anfühlte, wenn man den Zorn einer Frau auf sich zog für etwas, das unser Vater angezettelt hatte. In meinem Falle war die Lage aber noch etwas ernster. Unser Vater hatte Maddys Vater beinahe alles genommen und ihn arm gemacht. Er war gezwungen, das Land von uns zu pachten, wenn er weiterhin seine Rinder züchten wollte.

„Können wir in dieser Angelegenheit irgendetwas tun?", fragte ich ganz direkt. Unser Vater war nicht da, Pete hatte ein größeres Herz als der alte Mann. Wenn es etwas gab, um dem alten George Graston zu helfen, dann würde Pete das hinkriegen.

Er schüttelte den Kopf. „Das müsste ich erst einmal mit dem Anwalt besprechen. Die Sache ist wohl ziemlich wasserdicht. Wenn ich mich recht erinnere, ist das Land per Testament an Bedingungen geknüpft. Wir bräuchten seine Zustimmung, um daran etwas zu ändern. Und du weißt ebenso gut wie ich, dass das nicht passieren wird."

Das wusste ich in der Tat. Unser Vater war in diesem Punkt stur wie ein Esel, damals schon, und daran würde sich auch heute nichts ändern.

„Also schön. Ich war jedenfalls ziemlich abgelenkt eben und habe vergessen, beim Tierarzt reinzuschauen. Eigentlich schade, denn in diesem Zustand hätte ich einen schönen Eindruck auf die unbekannte Dame gemacht."

Pete kicherte. „Vielleicht solltest du sie auf einen Drink einladen."

Ich rollte mit den Augen. „Meinst

du, deine Sekretärin könnte morgen da anrufen und die Zahl der Stuten durchgeben, die getestet werden sollen? Ich möchte nicht, dass sie unvorbereitet ist, angesichts der großen Zahl in diesem Jahr."

Mein Bruder nickte und ich schrieb ihm die Zahlen auf.

„Und was wirst du nun unternehmen?"

„Weswegen?"

„Wegen Madison Graston. Ihr beide wart immerhin mal so gut wie verlobt. Willst nicht darüber reden?"

Ich schüttelte den Kopf. „Das ist lange her. Außerdem nehme ich an, dass sie nur für ein paar Tage hier ist, um ihrem Vater bei irgendetwas zu helfen. Sie wird wohl kaum wieder hierhergezogen sein. Das würde nicht zu ihr passen. Das Stadtleben war immer schon eher ihr Ding. Das Land konnte ihr nie allzu viel bieten."

„Kann man nie wissen. Menschen ändern sich."

Ich stand auf und verließ das Büro. Ich brauchte erneut frische Luft. Im Haus fühlte ich mich eingeengt. Dass diese kurze Begegnung mit meiner alten Highschool-Liebe mich so aus der Bahn werfen würde, passte mir nicht. Ich wollte am liebsten vergessen, dass sie überhaupt existierte. Bisher ging das doch auch, ich hatte nur sehr selten überhaupt mal an sie gedacht, meistens, wenn ich auf den Friedhof ging und Blumen ans Grab meiner Mutter brachte. Das Grab ihrer Mutter war nur wenige Schritte davon entfernt und ich ging jedes Mal daran vorbei, um zu sehen, ob die Blumen auf dem Grab frisch waren. Ich wusste, ihr Vater kam manchmal, um frische Rosen zu bringen, die rund um sein Haus wuchsen. Manchmal hatte ich ihn dort gesehen. Er beachtete mich nie, was verständlich war, nach all dem, was zwischen ihm und meinem Vater gewesen ist. Ich konnte ihm daraus keinen Vorwurf machen. Umso schockierender war die Tatsache, dass Maddy eben mit mir gesprochen hatte.

Ich könnte um Vergebung bitten für das, was unser Vater getan hatte, aber es gab nichts, was ich hätte tun können, um den entstandenen Schaden wieder gutzumachen. Es gab also keinen Grund, noch einmal mit ihr zu reden. Nun, das hatte ich bisher ja auch nicht getan, es sollte also kein Problem sein, es auch weiterhin nicht zu tun.

Ich ging den Weg zum Stall entlang, um nach einigen Tieren zu sehen, aber meine Gedanken blieben bei Maddy und der Frage, warum sie in der Stadt war.

Irgendwo in ihr steckte vielleicht noch etwas von dem Mädchen, das ich gekannt hatte, aber es war offensichtlich, dass aus ihr eine erwachsene Frau geworden war. Und egal wie unsere Familien zueinander standen, es ließ sich nicht leugnen, dass ich sie wollte. Mit Maddy hatte ich damals mein erstes Mal. Ich war plump und impulsiv gewesen, rückblickend musste sie wohl ziemlich viel Geduld aufbringen für mich. Der Gedanke ließ mich auflachen. Ich hatte einiges dazugelernt und war deutlich besser geworden seit damals. Ich wünschte, ich bekäme die Chance, ihr das zu beweisen.

Sie war so wunderschön, daran hatte sich nichts geändert. Ich erinnerte mich an den Anblick ihres Körpers im Mondlicht, als wir das erste Mal zusammen waren. Ganz gemäß sämtlicher Klischees auf dem Rücksitz meines Trucks. Woanders ging das nicht, höchstens noch im Stall, aber das fand ich unpassend. Maddy war hinreißend und sie würde es einmal weit bringen. Tief in unserem Herzen waren wir keine Landeier, nicht im Sinne wie viele andere hier. Ich wollte ihr mehr bieten, aber solange wir noch zur Schule gingen, gab es da nicht allzu viele Möglichkeiten.

Aber nun lebte ich in meinem

eigenen Haus, hatte anständige Arbeit und jede Menge Erfahrung, dank einiger reifer Frauen in der Stadt, ich war mir also ziemlich sicher, dass ich Maddy zumindest eine gute Zeit bereiten könnte, wenn sie das wollte.

Allerdings war damit wohl eher nicht zu rechnen. Sie wollte nichts mit mir zu tun haben, das war schon allein daran erkennbar gewesen, mit welcher Geschwindigkeit sie den Laden verlassen hatte. Aber vielleicht würde sie um der alten Zeiten willen ein bisschen Spaß haben wollen. Ich beschloss, Maddys beste Freundin Lorna aufzusuchen. Ihr Freund spielte regelmäßig Billard unten im Roadhouse. Vielleicht würde ich Maddy dort antreffen, wenn sie mal ausging. Ein paar Drinks und das Schwelgen in schöneren Erinnerungen würde sie vielleicht motivieren, die guten Zeiten zurückzuholen. Ich hatte einen größeren Truck und hätte keine Einwände, die erwachsene Maddy auf dem Rücksitz zu nehmen, die Beine gespreizt, umgeben von ihrem Duft, meine Hände in ihren roten Locken. Ich würde ihren blassen Hals küssen und sie zum Schreien bringen.

Ich erinnerte mich daran, wie es damals mit ihr war und fragte mich, ob es genauso sein würde oder eher neu und anders, da wir nun älter waren.

Ihr so nahe zu sein, hatte ein altes Feuer in mir entfacht, das ich beinahe vergessen hatte. Der Gedanke, dass Madison noch immer so eine Macht über mich hatte, war irritierend und verführerisch gleichzeitig.

Sie war immer laut gewesen, daher mussten wir uns abgelegene Plätze suchen. Sie war aber nicht das typische Mädchen vom Lande und ich hatte deswegen ein schlechtes Gewissen gehabt. Allerdings wollte sie es genauso dringend wie ich. Wir waren beide leicht entflammbar. Ich hatte mich bemüht, den Rücksitz irgendwie bequemer zu gestalten, aber viele

Möglichkeiten gab es da nicht. Meine Mutter bemerkte irgendwann, dass ich haufenweise Decken sammelte. Aber anstatt zu schimpfen, hielt sie mir einen Vortrag über Verantwortung und Verhütung und das war's. Nichts, womit sich Sean Killarny beschäftigt hätte.

Ich war sehr froh, dass meine Mutter damals noch lebte, denn meine Brüder und ich wären ohne sie verloren gewesen. Wilde wären wir geworden, wie meine Großmutter immer betonte. Aber ich wollte lieber nicht an meine Mutter denken.

Maddy war wieder da. Das Mädchen, das ich als Teenager geliebt hatte. Die Frau, die ich jetzt wollte. Und sie mochte das vielleicht verleugnen, aber ich wusste, tief in ihr drin wollte sie mich auch.

Unser letztes Mal war großartig gewesen, wenn nicht gar fantastisch. Ich erinnerte mich nicht gern an den Streit danach, sondern lieber daran, wie ich ihre Brüste knetete, bis die Brustwarzen hart waren und sie wimmerte, als ich ihre Öffnung mit meiner Zunge leckte. Ich erinnerte mich noch immer an ihren Geschmack und wie sie erbebte, als ich an ihrer Klitoris saugte. Sie flehte mich an, nicht aufzuhören. Ich hatte sie gründlich geleckt und war dann in sie eingedrungen. Langsam und sanft zuerst. Aber das war nicht das, was ich jetzt wollte. Ich wollte sie hart und schnell, wollte sie füllen und es danach sofort wieder mit ihr machen.

Himmel, das war eine unglaubliche Nacht damals. Es stand außer Zweifel, dass wir heiraten und Kinder haben würden, sobald wir das College absolviert hatten. Keiner von uns hatte die Absicht, in dieser kleinen Stadt zu bleiben. Und nun waren wir doch hier. Sie in Ashland und ich auf der Ranch.

Ich wurde steif allein von dem Gedanken an sie und den Möglichkeiten, die es gab. Aber realistisch betrachtet würde sie sicher nicht einmal gern im selben Raum mit mir sein. Andererseits war ich selbstbewusst genug, dass wenn ich sie erst einmal im selben Raum mit mir hatte, ich es auch schaffen würde, dass sie nie wieder wegwollte.

4

adison

Nachdem ich ein paar Dinge erledigt hatte und in die Praxis zurückkehrte, hielt Lorna einen Zettel hoch und wedelte damit herum, ein etwas verschlagenes Grinsen auf dem hübschen Gesicht.

„Die Sekretärin von der Killarny-Ranch hat angerufen. Sie brauchen die neue Tierärztin, um einige Stuten auf Trächtigkeit zu testen."

Ich blickte sie mit großen Augen an. „Wissen die denn, wer die neue Tierärztin ist?"

Lorna schüttelte den Kopf. „Wenn sie es wusste, hat sie sich nichts anmerken lassen und ich habe es auch nicht erwähnt. Aber ich glaube, sie wüsste sowieso nicht, wer du bist. Das wird eine großartige Überraschung, wenn sie sehen, wer da auf den Hof kommt, um Alex' Stuten zu untersuchen." Sie lachte, wurde aber schlagartig ernst, als sie mein Gesicht sah.

„Ich wusste, es würde dazu kommen. Ich würde mich mit seiner Familie auseinandersetzen müssen, wenn ich die Praxis übernehme. Ich hatte bloß nicht damit gerechnet, dass es schon so bald passieren würde."

Die Begegnung im Laden hatte etwas von einer romantischen Komödie im Kino und ich hasste romantische Komödien. Zumindest hatte ich mir das eingeredet. Aber das lag vielleicht auch daran, dass ich schon in so jungen Jahren so schlechte Erfahrung mit der Romantik gemacht hatte. Ich wusste, nichts davon war real und ich wollte meine Zeit nicht damit verschwenden, an irgendeine ideale Fantasiewelt zu glauben.

Ich war zurück in meiner Heimatstadt und hatte den Mann getroffen, den ich einstmals heiraten wollte. Nun, daraus war nichts geworden, wir sprachen praktisch nicht miteinander. Einen Satz pro Jahrzehnt könnte man sagen. Aber das würde sich in Kürze ändern, denn ich hatte vor, hier zu leben und dazu gehörte die Arbeit mit seinen Pferden.

„Nun, sie standen auf Docs Kalender, also wusste ich, was mich erwartete. Wie viel Stuten sind es?"

Lorna blickte auf ihren Zettel. „Fünfzehn."

„Da haben sie aber einiges zu tun,

falls die alle trächtig sein sollten. Na gut, kannst du sie informieren, dass ich morgen früh zu ihnen rauskommen werde?"

Für den Rest des Tages erledigte ich meine Arbeit und bemühte mich, nicht daran zu denken, dass ich am nächsten Tag mit Alex Killarny würde reden müssen. Ich hatte keine Ahnung, wie er reagieren würde, wenn er erfuhr, dass ich die neue Tierärztin war. Ich hoffte, dass ihn die Neuigkeit bereits irgendwie erreicht hatte, damit mein Erscheinen auf der Ranch nicht die totale Überraschung für ihn sein würde. Wir konnten zivilisiert miteinander umgehen, zumindest redete ich mir das ein. Was auch immer geschehen war, gehörte der Vergangenheit an. Ich würde mir das immer wieder ins Gedächtnis rufen müssen, wenn ich dauerhaft in Ashland arbeiten wollte.

Aber tief in mir spürte ich diese Sehnsucht, die einfach nicht wegzureden war. Es spielte keine Rolle, mit wie vielen Männern ich nach Alex zusammen war, selbst als junger Mann war er einfach umwerfend gewesen. Er hatte mich Dinge fühlen lassen, die kein anderer Mann in mir erweckte, was ziemlich bitter war, wenn ich nun so darüber nachdachte. Schon wenn er einen Raum betrat, zog er mich magisch an. Seine tiefe Stimme war wie ein sanfter Sommerregen. Ich konnte nicht im selben Zimmer mit ihm sein, ohne den Wunsch, ihn zu ficken. Und nun, da so viel Zeit vergangen war und wir getrennt voneinander gelebt haben, fragte ich mich, wie es wohl sein würde, mit all der Erfahrung, die wir nun besaßen.

Aber ich war auch wütend. Nicht unbedingt voller Hass, aber wütend genug, wegen all der Dinge, die seine Familie meiner angetan hatte, dass der Gedanke an aggressiven Sex ziemlich verführerisch war. Vielleicht stand Alex ja auf so etwas.

Der Gedanke ließ mich innehalten.

So sehr ich ihn auch begehrte, was ich mir immerhin eingestehen konnte, wenn auch mit etwas Unbehagen, aber wenn ich ihn anschaute, dann sah ich noch etwas anderes. Ich war mir sicher, er wollte mich auch, aber von Hass hatte ich da nichts gesehen in seinen Augen. Und für andere Dinge hatte ich keine Zeit.

Es waren die Zwillinge, die mich am nächsten Morgen begrüßten, als ich früh auf der Ranch eintraf. Sie halfen mir, meine Ausrüstung aus dem SUV zu laden. Die Tests waren nicht kompliziert, aber manchmal brauchte ich ein Ultraschall. Die beiden Jungs waren immer noch dieselben Witzbolde wie früher, aber nun waren sie groß und erwachsen. Wahrscheinlich war auch der Blödsinn, den sie anstellten, mit ihnen erwachsen geworden, was es nicht besser machte. Sie begleiteten mich in den Stall, wo die Stuten standen und zeigten mir diejenigen, die auf der Liste standen. Es war alles ziemlich unkompliziert.

„Pete wird sicher auch mal sein Büro verlassen, um dich zu begrüßen, aber wenn du irgendetwas brauchst, ruf uns einfach", meinte Stephen mit einem Lächeln und machte sich mit seinem Bruder auf den Weg, um irgendwo auf der Ranch etwas zu arbeiten.

Ich ging die Liste durch und führte gemeinsam mit einem Stallknecht die Stuten nacheinander in die Box, wo ich sie untersuchen wollte. Alle Pferde waren in einer ausgezeichneten Verfassung. Ich hatte den ersten Stall durch und machte mich auf den Weg zum nächsten, als ich Alex am Eingang stehen sah. Er beobachtete mich. Es war ihm anzusehen, dass er keine Ahnung hatte, was ich hier tat.

Ich hielt meine Tasche hoch und zuckte mit einer Schulter.

„Du bist die neue Tierärztin?" Er klang sehr überrascht.

„Ja, das bin ich." Ich ging an ihm vorbei, hinüber zum nächsten Stall, wo weitere Stuten untersucht werden sollten.

Seine Anwesenheit hinter mir war deutlich zu spüren. Ich drehte mich um und er blieb stehen.

„Warum hast du es mir nicht gesagt?"

„Keine Ahnung, unsere Begegnung im Laden war ja ziemlich kurz und es war mir in dem Moment nicht eingefallen, es zu erwähnen."

Er zog eine Augenbraue hoch. „Du bist weggelaufen."

„Das ist nicht richtig."

„Doch, bist du."

Ich blickte ihn aus schmalen Augen an, drehte mich wieder um und suchte nach der nächsten Stute auf meiner Liste.

„Wann hast du dich denn dazu

entschieden, Tierärztin zu werden? Das letzte, was ich von dir gehört habe, war, dass du Englisch studiert hast und Lehrerin werden wolltest."

Eine Welle von Gefühlen überkam mich bei diesen Worten. Das war mein Plan gewesen, damals. Aber dazu hatte auch gehört, Alex Killarny zu heiraten, auf der Ranch zu leben und in der Stadt zu bleiben. Erstaunlich, dass er sich daran noch erinnerte.

„Alex, das war vor einer Ewigkeit. Ich habe meine Meinung geändert und die Umstände haben sich erst recht geändert. Ich brauchte einen Job, der mir erlaubte, meinem Vater unter die Arme zu greifen. Ich wollte nie Ärztin werden oder Anwältin, das Geld war knapp, aber ich hatte immer Gefallen daran, Doc Halloran zu helfen."

Daran musste er sich doch erinnern. Wir haben viel Zeit im Vorratsraum verbracht, dort im Dunkeln rumgemacht, nach der Schule. Jeden

Tag erinnerte ich mich daran, wenn ich an dem Raum vorbeiging.

„Ich wollte immer gern helfen. Aber damals war ich mehr an Tieren als an Menschen interessiert, also dachte ich, das wäre ein guter Job für mich."

Ich machte mich wieder an die Arbeit und ging zur nächsten Stute. Alex folgte mir. Offenbar musste er nichts dringendes arbeiten und konnte mir stattdessen zur Hand gehen.

„Du musst das nicht alleine machen", sagte er und schob eine Stute in Position, während ich den langen Gummihandschuh anzog, den ich brauchte, um ihren Uterus zu untersuchen.

„Ich bin nicht unfähig", maulte ich.

„Aber das muss doch nicht zwangsläufig bedeuten, dass man alles alleine macht, nur weil man es könnte. Was, wenn sie austritt? Dann hätte ich ein schlechtes Gewissen."

Ich ließ die Arme sinken und blickte ihm fest ins Gesicht.

„Hör zu. Ich bin wieder da und habe die Praxis übernommen. Ich komme damit klar, dass wir uns begegnen und in denselben Kreisen bewegen, wenn du mir etwas Raum lässt. Nur weil wir bei unserer letzten Begegnung noch eine Beziehung miteinander hatten, heißt das nicht, dass uns jetzt noch irgendetwas verbindet, wir müssen nicht einmal freundlich zueinander sein."

Alex schmunzelte. „Oh, ich wette, du möchtest gerne wieder mit mir befreundet sein."

Ich hätte schwören können, er würde mir gleich auf seine übliche Weise zuzwinkern, aber ich wandte den Blick ab, denn ich wollte mich dem nicht aussetzen. Ich konnte es nicht leiden, dass er noch immer diese Wirkung auf mich hatte. Selbst nach all den Jahren reichte schon ein Blick von ihm und mein Schlüpfer wurde feucht. Ich wollte ihn, wollte von ihm an die Wand des Stalls gepresst werden, wollte, dass er spürte, wie feucht ich schon war, wollte ihn in mir drin haben. Dieses Verlangen war schmerzhaft. Ich versuchte, jeden Gedanken an ihn und seinen umwerfenden Körper beiseite zu schieben. Selbst wenn ich über Alex Killarny fantasierte, dann aber nicht hier und nicht jetzt.

„Wir waren zehn Jahre voneinander getrennt. Nur weil ich wieder in der Stadt bin, ändert das nichts. Wir haben in all der Zeit kein Wort miteinander gesprochen und daran muss sich auch jetzt nichts ändern."

„Wir haben nicht miteinander gesprochen, weil du nicht auf meine Anrufe reagiert hast", sagte er leise aber bestimmt.

Ich schaute ihn finster an, um jegliche Diskussion im Keim zu ersticken.

„Du wirst mir das nicht allein in die Schuhe schieben. Du weißt ebenso gut wie ich, warum es dazu kam und das hatte verdammt noch mal nichts mit mir zu tun!"

Er richtete sich ein wenig auf und kam auf mich zu.

„Und du weißt ebenso gut, dass es verdammt noch mal auch nichts mit mir zu tun hatte. Ich kann nicht ändern, was mein Vater getan hat. Aber du hältst es mir immer noch vor. Ich habe es dir damals gesagt und ich sage es auch jetzt wieder. Es tut mir leid, aber es ist kein Verbrechen. Ich habe nicht versucht, deinen Vater übers Ohr zu hauen und ich hatte mit Sicherheit nicht die Absicht, dir oder deiner Mutter zu schaden. Verdammt noch mal, Maddy. Ich habe mich so schuldig gefühlt deswegen, aber es gab doch nichts, was ich hätte tun können."

Ich antwortete nicht, sondern bemühte mich, ruhig zu bleiben, damit die Stute nicht auch noch nervös wurde. Pferde reagierten sehr empfindlich auf Stimmungen. Ich wollte sie nicht in Unruhe versetzen, zumal ich sie noch untersuchen musste. Ich warf Alex einen Blick zu, der ihm signalisieren sollte, dass das Thema durch war, und machte mich wieder an die Arbeit.

Während ich sie untersuchte, hielt Alex ihren Schweif hoch, damit er mir nicht im Weg war. Sie war trächtig, kein Zweifel. Damit waren wir schon bei sieben.

„Im nächsten Jahr werden eine Menge Fohlen über eure Weiden springen. Ich werde regelmäßig vorbeischauen, aber im Augenblick sieht alles gut aus."

„Das freut mich zu hören." Alex ließ den Schweif der Stute los und machte einen Schritt zurück.

„Eure Tiere sind in sehr guter Verfassung, es sollten sich also keine Probleme bei den trächtigen Stuten ergeben."

Ich ging hinüber zum Waschtrog, um mich zu säubern und packte meine

Sachen wieder ein. Alex kam mir langsam nach.

„Du hast kein Recht, mich zu hassen", sagte er ruhig und schaute mir zu, wie ich mir die Hände wusch. Sein Blick folgte einer Schweißperle, die mir am Hals herunterlief, bis hinunter zwischen meine Brüste. Ich sagte nichts, sondern beobachtete, wie er mich beobachtete, und konnte spüren, wie meine Brustwarzen sich verhärteten, allein bei dem Gedanken, dass er mich wollte. Ich wurde rot und wusste, er würde es sehen. Meine blasse Haut war in dieser Hinsicht sehr verräterisch, man sah immer, wenn ich rot wurde. Ein Blick genügte, um zu sehen, dass Alex es bemerkt hatte. Er wusste, was er mit mir machte, und ich hasste es.

„Habe ich nicht? Tja, Alex, meine Mutter ist gestorben, weil dein Vater meinen so behandelt hat. Wir haben getan, was wir konnten. Aber der Pachtvertrag, den dein Vater uns aufgezwungen hat, hat uns praktisch ruiniert. Wir konnten uns nur mit Mühe überhaupt über Wasser halten."

„Ich sagte dir doch, es tut mir leid, was mein Vater getan hat. Aber was hätte ich denn tun sollen? Ich war achtzehn, noch ein Kind. Wir waren beide noch Kinder. Es war furchtbar, was geschehen ist, aber das war doch alles außerhalb unserer Kontrolle."

Ich stellte das Wasser ab, schüttelte meine Hände aus und griff nach dem Handtuch, um sie abzutrocknen.

„Weißt du, ich könnte das vielleicht akzeptieren, wenn meine Mutter nicht daran zugrunde gegangen wäre. Es tut mir leid, Alex, aber ehe du nicht selbst diesen Schmerz verspürt hast, ohne die eigene Mutter durchs Leben gehen zu müssen, kannst du das nicht nachvollziehen."

Er räusperte sich. „Du irrst dich. Und ich weiß, wie das ist."

Ich schaute ihn verwirrt an und wartete auf eine Erklärung.

„Meine Mutter ist vor einigen Jahren gestorben. An Krebs."

Seine Worte schmerzten. Emily Killarny war die warmherzigste Frau, die ich kannte. Sie gab alles für ihre Söhne und nahm mich wie eine Tochter auf, als ich mit Alex zusammen war. Ich wollte ihn in den Arm nehmen, widerstand diesem Drang jedoch. Er brauchte mein Mitgefühl jetzt nicht.

„Das tut mir sehr leid. Das wusste ich nicht."

„Ich dachte, dein Vater hätte es dir vielleicht erzählt."

Ich atmete tief durch. „Es wundert dich vielleicht zu hören, aber der Name Killarny fällt bei uns nicht allzu häufig."

Alex nickte und ich dachte, mehr gebe es dazu wohl nicht zu sagen. Aber er blieb vor mir stehen, was das Schweigen sehr unangenehm machte. Ich ergriff erneut das Wort.

„Du konntest doch nicht ernsthaft erwarten, dass ich weiterhin mit dir zusammen sein würde, nach allem, was passiert war. Meine Loyalität musste doch meiner Familie gelten."

„Und nicht mir. Das verstehe ich. Aber das galt ebenso für mich."

Ich hob abwehrend die Hände. „Warte. Ich bin nicht hergekommen, um mir das anzuhören. Was immer du damals empfunden hast, das gehört der Vergangenheit an. Vielleicht hätten wir früher darüber reden sollen, aber es ist schon einerlei. Wir haben das hiermit geklärt. Ich möchte in Frieden in dieser Stadt leben und meiner Arbeit nachgehen können. Deshalb bin ich hier. Außerdem will ich mich um meinen Vater kümmern. Aber was ich nicht möchte, ist, einen zehn Jahre alten Streit wieder ausgraben oder irgendetwas aufwärmen, was mal war. Ich gehe dir aus dem Weg, wenn du mir auch aus dem Weg gehst."

Alex verzog den Mund, drehte sich um und verließ den Stall. Für mich war die Diskussion damit erledigt und ich war erleichtert darüber, wie es gelaufen war. Wir konnten an der Vergangenheit nichts mehr ändern, vielleicht hatte er sogar recht, ich war ungerecht ihm gegenüber gewesen, aber was hätte ich denn tun sollen? Ich war ein achtzehnjähriges Mädchen, das den Tod der eigenen Mutter verkraften musste, der zum Teil verschuldet worden war durch den Vater meines Freundes.

Allerdings hatte ich das mit Emily Killarny nicht gewusst und ich wünschte, ich hätte vorhin weniger harsche Worte gewählt. Alex hatte seiner Mutter sehr nahe gestanden, es musste schlimm für ihn gewesen sein, sie zu verlieren, auch für seine Brüder, sogar für den widerlichen Vater. Das erklärte immerhin, warum Sean Killarny nun in Costa Rica lebte.

Ich verließ den Stall und blickte erneut auf meine Liste, um zu prüfen, ob ich wirklich alle Stuten gesehen hatte. Unten auf dem Blatt stand etwas in Alex' furchtbarer Handschrift.

„Pineapple untersuchen. Hengst hat

sich vergnügt. Fraglich, aber könnte trächtig sein. Einjährige."

Ich ging in den nächsten Stall und suchte nach der Box. Das junge Pferd hatte wundervoll goldenes Fell. Sie war zunächst etwas schreckhaft, akzeptierte mich aber sehr schnell. Ein hübsches Tier. Ich hoffte, Alex' Befürchtung würde nicht zutreffen. Es kam schon vor, dass so junge Stuten trächtig werden konnten, aber es war nicht ideal.

Ich untersuchte sie zunächst rein äußerlich. Wenn die Schwangerschaft schon etwas fortgeschritten war, würde ich den Herzschlag in ihrem Uterus hören können.

Und genau so war es, laut und deutlich. Ich betrachtete ihren Leib. Eigentlich war es albern zu glauben, dass man in einem so frühen Stadium etwas erkennen könnte, aber ich war fest davon überzeugt, dass ich einer Stute die winzigen Veränderungen immer sofort ansah. Jemand, der das

Tier jeden Tag sah, würde es sicher eher bemerken, aber selbst ich konnte es sehen und Alex war es ja offenbar auch aufgefallen. Pineapple war definitiv trächtig.

Ich packte meine Sachen zusammen und ging zum Haus, um die Einzelheiten mit Pete zu besprechen, wann die nächste Untersuchung der Stuten stattfinden sollte.

„Ist ja lange her", meinte er und lächelte mich freundlich an, als ich sein Büro betrat. „Schön, dass du wieder da bist, Madison. Ich hoffe, die Arbeit in der Praxis macht dir Spaß? Wir alle vermissen Doc Halloran schon ein wenig, aber es ist schön, in Zukunft dein freundliches Gesicht stattdessen zu sehen."

Ich lächelte halbherzig. Gerade Pete musste doch wissen, wie schwer es für mich war, wieder hier zu sein. Ich legte die Liste auf seinen Schreibtisch.

„Sieben der Stuten auf dieser Liste sind trächtig, plus Pineapple."

Pete verzog das Gesicht. „Mist. Dann muss ich das Paar anrufen, das sie kaufen wollte, wie sie dazu stehen."

Ich nickte. Es war nicht unüblich, in so einem Fall eine Abtreibung vorzunehmen. Am Ende zählte nur, was die Besitzer wollten.

„Wie auch immer die Entscheidung ausfällt, ruf mich an. Allerdings müsste es bald passieren. Was weißt du über den Hengst?"

Pete pfiff. „Er ist ein ganz Schlimmer. Hat keine Manieren. Wir hätten die beiden nie absichtlich zueinander gelassen. Es war ein Unfall."

„Wenn er sehr groß ist, müssen wir sie im Auge behalten. Sie ist sehr zart und in dem Alter sind auch die Fohlen sehr klein. Das Gewicht könnte ein Problem für sie werden. Behalt sie im Auge und sag Bescheid, wenn ihr eine Entscheidung getroffen habt."

„Danke, Madison." Ich stand auf und ging.

Erleichtert, das Haus verlassen zu

haben, ohne eine weitere Begegnung mit Alex, stieg ich in meinen Wagen und fuhr los. Nur einmal warf ich einen Blick in den Rückspiegel. Egal, was ich fühlte oder was ich mir wünschte, Alex Killarny sollte genau da bleiben.

5

lex

Pete fand mich in einem der Schuppen, als ich dabei war, Schrauben zu sortieren. So richtig nötig war das eigentlich nicht, ich wollte hier nur die Zeit verbringen, bis sie vom Hof war. Die Art, wie mein Bruder mich musterte, verriet mir, dass er wusste, warum ich mich hier herumdrückte.

„Ich hatte eine kleine Unterhaltung

mit deinem Mädchen", sagte er und klopfte mir auf den Rücken.

„Nicht mein Mädchen. Nicht meines und sicherlich kein Mädchen mehr. Sie ist verdammt erwachsen geworden, seit ich sie zuletzt gesehen habe." Ich versuchte, nicht an die Schweißperle zu denken, die ihr zwischen die Brüste gelaufen ist, oder daran, mein Gesicht dazwischen zu vergraben und ihren Duft einzuatmen oder den salzigen Geschmack ihrer Haut zu kosten.

„Na schön, also Dr. Graston."

Das irritierte mich. In dem Gespräch mit ihr war mir irgendwie nicht bewusst geworden, dass Maddy jetzt eine Ärztin war. Der Gedanke erfüllte mich mit Stolz. Vielleicht wollte sie nichts mehr mit mir zu tun haben, wobei ich davon ausging, dagegen etwas unternehmen zu können, aber ich konnte dennoch stolz auf sie sein. Sie hatte es zu etwas gebracht und das freute mich.

„Worüber habt ihr beide denn geredet?"

Pete holte einen Zettel aus seiner Hosentasche. „Sie hat die trächtigen Stuten auf der Liste bestätigt und außerdem auch noch die, von der du bereits eine Ahnung hattest, nämlich Pineapple."

Ich knallte die Büchse mit den Schrauben geräuschvoll auf das Regal. „Verdammt. Ich hatte gehofft, dass das nicht der Fall ist." Aber immerhin hatte Maddy es früh erkannt. In ein paar Monaten sollte Pineapple nach Texas gebracht werden, aber wenn sie trächtig war von einem unserer Hengste, dann mussten wir mit den zukünftigen Besitzern eine neue Vereinbarung treffen.

„Wir müssen mit den Käufern reden", meinte Pete.

„Ja, ich rede mit Jake. Er hat sie trainiert. Ich glaube, er versteht sich gut mit den Käufern. Er kann ihnen sicher erklären, wo das Problem liegt. Sie kaufen zwar die Stute, aber technisch gesehen gehört uns das Fohlen. Hat Madison gesagt, was sie für die klügste Entscheidung hält?"

„Sie meinte, falls wir das Fohlen abtreiben wollen, dann sollten wir nicht mehr lange damit warten. Das Risiko liegt in ihrer Jugend. Wenn man bedenkt, wer der Vater ist, könnte es Komplikationen geben. Du weißt selbst, wie schwer es ist, eine Voraussage zu treffen."

Ich wusste das natürlich alles und wollte Pineapple keinem Risiko aussetzen. Aber der Hengst war sehr wertvoll für uns und hatte uns eine Menge erfolgreicher Rennpferde beschwert. In letzter Zeit jedoch war seine Fruchtbarkeit zurückgegangen. Das mussten wir mal untersuchen lassen. Jedenfalls wäre es in dieser Hinsicht nicht klug, die Chance auf ein weiteres seiner Fohlen einfach verstreichen zu lassen.

„Ich rede mit Jake. Danke, dass du

mir Bescheid gegeben hast."

Pete kehrte in sein Büro zurück und ich ging zu Pineapple, um die ich mir nun ein wenig Sorgen machte. Aber sie knabberte friedlich an ihrem Heu und wirkte zufrieden und guter Dinge wie üblich.

„Hey, Pineapple", sagte ich und streichelte ihren Kopf. Jake betrat den Stall und kam zu mir herüber.

„Pete meinte, du wolltest mit mir reden?"

„Ja. Sie ist trächtig."

„Das war Nevada Rebel, richtig?"

Ich nickte. „Muss wohl."

Er lehnte sich an die Stalltür und betrachtete das Pferd. „Wie geht es nun weiter? Wird der neue Besitzer das Fohlen auch kaufen?"

„Nicht so voreilig, mein Bester. Erst einmal muss sie die Schwangerschaft überstehen. Überhaupt müssen wir erst einmal entscheiden, ob sie das Fohlen bekommen soll. Einer von uns sollte wohl besser mit Madison reden, um ihre Ansicht zu hören, was das Beste für Pineapple wäre."

„Solltest du das nicht tun? Ich habe die Zwillinge eben getroffen, sie meinten, Madison wäre die neue Tierärztin. Ist das nicht ein irrer Zufall?"

„Ja, nun, ich möchte lieber nicht derjenige sein, der mit ihr redet." Im selben Moment wusste ich, dass das eine Lüge war. Aber ich hoffte, mein Bruder würde es nicht bemerken. „Aber ich mache es natürlich. Ich höre mir an, was sie meint, dann überlegen wir uns, wie es weitergeht."

„Gut, dass sie es festgestellt hat", meinte Jake, „Pineapple war ja eigentlich noch gar nicht an der Reihe mit den Untersuchungen."

„Ich weiß." Es war schon bemerkenswert, dass sie es festgestellt hatte. Ich hatte ja bloß den Verdacht gehabt, weil sie an dem Nachmittag auf der Weide war, als Nevada Rebel sich bei den Stuten vergnügt hat. Das gab uns genug Zeit, das Problem zu lösen, anstatt erst in drei Monaten damit konfrontiert zu werden, wenn sie schon halb auf dem Weg nach Texas war. Nun würde sie vielleicht noch ein Jahr bei uns bleiben, bis das Fohlen im nächsten Frühjahr geboren wurde. Wenn alles gut ging, würden wir einen weiteren Nachwuchs von Nevada Rebel bekommen, der dann in ein paar Jahren vielleicht im Derby mitlaufen konnte.

„Ich muss sowieso in die Stadt, dann fahre ich bei ihr vorbei und rede mit ihr."

Jake rammte mir seinen Ellenbogen in die Rippen. „Ich wette, das ist nicht das einzige, was du mit ihr tust."

Ich warf ihm einen Todesblick zu und ging zu meinem Wagen. Natürlich wollte ich mehr als nur mit Maddy reden.

ALS ICH AN DER PRAXIS ANKAM, hing an der Tür ein Schild, auf dem 'geschlossen' stand. Über dem Eingang hing nun außerdem ein Schild mit ihrem Namen. 'Madison Graston, Tierärztin'. Ich lächelte. Sie konnte wahrlich stolz auf sich sein.

Aber ich stand nun da und wusste nicht, wohin. Ich hatte ihre Handynummer nicht und dass sie nicht in der Praxis war, sah ich mit eigenen Augen. Es war also sinnlos, dort anzurufen. Ich wusste nicht, ob sie bei ihrem Vater wohnte oder irgendwo in der Stadt eine eigene Wohnung besaß. Ich hatte überhaupt nicht darüber nachgedacht.

Das war allerdings auch unnötig, denn während ich noch dastand, kam Maddy um die Ecke, mit vollen Einkaufstüten beladen, und suchte in ihrer Hosentasche nach dem Haustürschlüssel. Sie blieb stehen, als sie mich sah, dann winkte sie mit drei Fingern der Hand, die die Tüten trugen.

„Warte, ich helfe dir", sagte ich und nahm ihr die Tüten ab.

„Danke." Sie wirkte ein wenig unbehaglich. „Ist alles in Ordnung? Brauchst du irgendetwas?"

„Nein, ich wollte mich nur bedanken, wegen Pineapple."

Sie lächelte und ihre Nervosität nahm ab. „Und das alles an einem Tag."

„Wohin willst du?", fragte ich und blickte mich um. Aber außer meinem Truck stand kein Wagen auf dem Parkplatz.

„Oh …" Sie deutete über die Praxis, die Schlüssel in der anderen Hand. „Zu der Praxis gehört das Apartment darüber. Der Doc wollte es eigentlich vermieten, hat es aber nie getan, sondern als Lagerraum benutzt. Aber es wurde renoviert und für mich reicht es, ich bin zufrieden. Daher habe ich es gekauft, als ich die Praxis übernahm."

„Vernünftig. Lass mich dir helfen, die Sachen nach oben zu tragen."

Maddy zögerte einen Moment, dann schloss sie auf und ging voraus nach oben. Es war eng im Treppenhaus, aber als wir oben waren, sah ich, was sie gemeint hatte. Es sah hübsch aus, der Doc hatte einiges in die Renovierung investiert.

„Ist das echtes Holz?"

Maddy nickte lächelnd. „Schön, nicht wahr?"

In der Tat. Auf einer Seite war ein Stück blanke Mauer, auf der anderen Seite reflektierte der Putz die morgendliche Sonne. Allerdings würde Maddy um die Zeit oft sicher schon unterwegs sein, hinaus zu den Ranches, wo die Arbeit schon vor Sonnenaufgang begann.

„Du kannst die Tüten da auf dem Tisch abstellen. Danke fürs Tragen."

„Nun, es sah halt so aus, als hättest du beide Hände voll."

Wir standen einen Moment lang unschlüssig herum und das Schweigen dehnte sich aus. Maddy steckte eine feuerrote Haarsträhne hinter ihr wohlgeformtes Ohr und das erinnerte mich sehr an früher. Ich wollte sie in meine Arme ziehen und küssen, hinter dem Ohr, wo die Haut so zart war. Das hatte sie immer zum Quieken gebracht und der Gedanke daran war sehr erregend.

Bevor ich irgendetwas unternehmen konnte, sprang eine dunkelgraue Katze vom Kühlschrank, kam zu mir und begann, an meinen Stiefeln zu schnüffeln.

„Ich hätte wohl etwas anderes anziehen sollen, bevor ich herkam."

Sie schüttelte den Kopf. „Nein, mach dir deswegen keine Sorgen. Ich schleppe an meinen Schuhen auch jede Menge Dreck hier herauf. Deshalb ist der Boden ja aus Holz." Sie betrachtete mich für einen Moment. „Also, war sonst noch etwas?"

Ich kratzte mich am Kopf. Ich hasste es, dass ich in ihrer Gegenwart wieder so schüchtern war wie früher. Das war ich eigentlich nicht mehr. Im Gegenteil. Ich konnte einen ziemlichen Wirbel veranstalten, wenn ich wollte. Aber irgendetwas an dieser Frau ließ mich vergessen, wo ich eigentlich war. Ich fühlte mich in ihrer Gegenwart, als sei mir jegliche Kontrolle über mich genommen. Normalerweise mochte ich das überhaupt nicht. Allerdings in Maddys Fall war das ganz anders. Der Gedanke, ihr die Erlaubnis zu geben, mit mir zu tun, was immer sie wollte, ließ mich erschauern. Da wir nun unter uns waren, fragte ich mich, was die erwachsene Maddy wohl mit mir anstellen würde. Als Teenager war es schwierig, einen Ort zu finden, wo man rummachen konnte, ohne erwischt zu werden. Bei ihren Eltern war nicht genug Platz. Meine Mutter hatte ihre Augen überall, man hatte selten mal einen Moment für sich. Also blieb uns meistens nur der Truck, irgendwo auf einer Weide.

„Ich wollte dich fragen, was deiner Ansicht nach das Beste wäre, wie wir mit dem Fohlen verfahren sollen. Und während du mir antwortest, könnte ich dir freundlicherweise helfen, die Sachen in die Schränke zu räumen."

Ohne auf ihre Reaktion zu warten, fing ich an, eine der Tüten auszupacken und räumte die frischen Sachen in den Kühlschrank.

„Ich hoffe, du hast keine speziellen Wünsche, wo alles hinsoll", sagte ich und packte einen Salatkopf ins Gemüsefach.

Sie runzelte leicht die Stirn, schüttelte dann aber den Kopf und ließ mich weitermachen.

„Ich habe mir darüber Gedanken gemacht. Die Einjährige gehört euch noch, oder?"

Ich nickte zustimmend.

„Okay, dann ist es weniger problematisch, als wenn ihr sie bereits verkauft hättet. Denkst du, die Käufer würden sie trotzdem haben wollen? Oder wäre es schlimm für euch, wenn nicht?"

Ich dachte an das Geld, das ein Pferd wie Pineapple einbringen würde. Wir brauchten das Geld aus den Verkäufen unserer Vollblüter und Pineapple hatte einen guten Stammbaum.

„Es wäre nicht das Ende der Welt, wenn der Kauf nicht zustande käme, nein. Wenn sie die Geburt unbeschadet übersteht, würde sich bestimmt auch ein anderer Käufer finden, falls dieser abspringt. Oder wir könnten sie auch behalten. Es wäre alles denkbar. Das Geld ist nicht das Problem."

Ich konnte sehen, dass diese Worte sie trafen und bereute es, das Thema angeschnitten zu haben. Natürlich war Geld für Maddy ein heikles Thema. Ich wusste, dass ihr Vater noch immer die Pacht an uns bezahlte, die ihre Familie damals an den Rand des Ruins getrieben hatte.

„Außerdem ist das Fohlen von Nevada Rebel, daher möchte ich es eigentlich gern behalten. Er hat in den letzten Jahren weniger Nachwuchs gezeugt und ist immer noch sehr gefragt. Er war ein gutes Rennpferd für uns und ich würde mich über ein weiteres Fohlen von ihm freuen."

Maddy stellte sich auf die Zehenspitzen und räumte eine Packung Müsli in den Schrank.

„Na, wenn das so ist, dann solltet ihr eben nicht abtreiben. Behaltet sie einfach im Auge und ruft mich, wenn es Probleme gibt. Ich bin ja in der Nähe und kann sie regelmäßig untersuchen. Die Chancen auf eine normale Schwangerschaft stehen nicht schlecht. Solange das Fohlen nicht zu schwer und zu groß für sie wird, sollte es keine Probleme geben, trotz ihres Alters. Ich denke, es sollte gehen."

Ich lächelte und nickte. „Okay, dann verlasse ich mich auf dein Wort, Doktor."

Maddy rollte mit den Augen und lachte. „Komisch, oder?"

Ich zuckte mit den Achseln. „Man wird sich schon dran gewöhnen, schätze ich. Es kam unerwartet, aber nicht wirklich überraschend, wenn man drüber nachdenkt. Du hast Tiere schon immer gern gemocht."

„Das stimmt wohl." Sie beugte sich vor, um die Katze vom Boden aufzuheben. Ich verfluchte im Stillen den Umstand, dass die Katze sich nun zwischen uns befand. Dies war nicht der richtige Zeitpunkt, aber ich wollte sie in meine Arme nehmen und küssen, ihre Brüste an mich gepresst spüren und mich an ihrem Becken reiben.

„Da wäre noch eine Sache, die ich loswerden möchte."

Sie sah mich von der Seite an. „Schieß los."

Ich lehnte mich gegen die Anrichte und gab mich betont lässig. „Als Dankeschön und als Zeichen dafür, dass die Vergangenheit endgültig abgehakt ist, hatte ich gehofft, dich zum Essen einladen zu können. Auf der Ranch. Bei mir."

Sie schien ihre Antwort gründlich zu überdenken, bevor sie sprach. „Es gibt keinen Grund, mir zu danken.

Früher oder später hättet ihr die Schwangerschaft sowieso bemerkt."

„Mag sein, aber ich weiß dein fachliches Urteil dennoch zu schätzen und wollte ..., keine Ahnung. Die Tür ein wenig öffnen, für die Chance, dass wir Freunde werden könnten. Ich weiß, du hast gesagt, wir müssten uns nicht über den Weg laufen und ich will dich nicht drängen, wenn du wirklich nicht möchtest. Aber Maddy, wir waren doch mal wirklich gute Freunde. Noch bevor wir miteinander gingen. Wir haben miteinander gespielt und kannten uns besser als jeder andere. Du bist nun wieder hier und es ist viel Zeit vergangen. Ich sage ja nicht, dass alles, was war, unter den Teppich gekehrt werden soll. Es ist nur ein Abendessen. Was meinst du dazu?"

Nach einem kurzen Augenblick nickte sie, blickte mich aus schmalen Augen an und grinste schief.

„Aber kannst du denn überhaupt kochen?"

Ich tat, als sei ich beleidigt. „Ich habe schon einiges gelernt. Als alleinstehender Mann muss man eben auch sehen, wie man zurechtkommt." Ich würde ihr sehr gern zeigen, was ich noch alles gelernt hatte.

Sie lachte. „Also schön."

„Freitagabend?"

Maddy nickte. „Ich kann es kaum erwarten zu sehen, was du so zu bieten hast."

6

adison

„Also gehst du nun mit ihm Essen oder nicht?", fragte Lorna, nachdem ich ihr von meinem Gespräch mit Alex Killarny am Vorabend erzählt hatte. Dieser Teil der Konversation schien sie am meisten zu interessieren.

„Ja, ich habe zugesagt, mit ihm Essen zu gehen."

Lorna klatschte in die Hände wie

ein Seehund. „Uuh! Das ist ja so aufregend."

„Lorna, das ist nur ein Essen, kein Date. Einem Date hätte ich keinesfalls zugestimmt. Das weißt du ganz genau."

Sie legte den Kopf schief und blickte mich komisch an. „Das Essen ist bei ihm zu Hause. Er wird es mit seinen eigenen Händen für dich zubereiten, mit seinen sehr starken, geschickten Händen."

Ich ließ von meinen Unterlagen ab und blickte erstaunt auf.

„Weißt du, ich sollte dich eigentlich entlassen."

Lorna lächelte süß. „Ach, bitte, du weißt, dass du in dieser Stadt keine andere Mitarbeiterin wie mich finden würdest."

Ich wusste außerdem, dass Lorna mich durchschaut hatte und ahnte, dass Alex mir noch immer etwas bedeutete, auch nach all der Zeit noch. Es war schwer, das zu akzeptieren. Aber eines war mir nach ein paar Tagen in meiner Heimatstadt klar geworden. Man warf nicht einfach weg, was einmal so wichtig gewesen war, auch nicht nach so langer Zeit. Wir konnten Freunde sein, das wäre doch nett. Wenn ihm das nicht reichte, dann sollte er seiner Wege gehen.

„Ich denke, du solltest ihm eine Chance geben. Er ist kein schlechter Kerl, weißt du? Und wegen der Sache mit deinem Dad, mal ehrlich, was hätte Alex denn da schon tun können damals? Er war ebenso jung wie du und sein Vater hätte sicher nicht auf ihn gehört."

Natürlich hatte sie recht. Derselbe Gedanke ging mir seit dem Gespräch mit ihm auf der Ranch auch durch den Kopf. Aber ich hasste es, ihm recht zu geben. Selbst wenn es so war, hätte ich halt gern jemanden gehabt, dem ich für alles die Schuld geben konnte. Und da Sean Killarny nicht in Reichweite war, hatte Alex eben die Wucht meines Zorns abbekommen.

Ich machte eine wegwerfende Handbewegung. „Wie gesagt, es ist nur ein Essen, sonst nichts. Ich kann mich bemühen, dass wir Freunde werden, es wäre sicher nicht schlecht, einen weiteren Freund hier zu haben. Es sind ja nicht mehr viele übrig geblieben."

Lorna nickte. „Viele sind weggezogen, aber ein paar Freunde sind noch da. Du musst sie eben finden. Die Leute kommen nicht rein zufällig hier hereinspaziert. Es sei denn ihre Katze ist krank, oder so."

„Ich schätze, da hast du wohl recht."

Ich konnte sehen, wie es in Lorna arbeitete, irgendetwas plante sie doch.

„Wieso gehst du nicht zu Claire's, ein Stück die Straße runter, und holst uns etwas zu essen? Da sind immer jede Menge Leute und du triffst vielleicht ein paar alte Bekannte von früher. Claire wird sich freuen, dich zu sehen und du kannst ein bisschen mit ihr quatschen, während du aufs Essen wartest." Sie blickte auf die Uhr. „Es ist schon fast zwölf. Mach schon. Ich hätte gern einen Hähnchensalat."

Lorna ließ mir keine Wahl und der Gedanke, mal kurz aus der Praxis zu kommen, klang auch nicht schlecht. Ich nahm meine Handtasche und machte mich auf den Weg zu dem Diner, wo ich damals viele Nachmittage mit meinen Schulbüchern verbracht hatte. In einer kleinen Stadt war ein solcher Laden ein Treffpunkt für viele und man traf unweigerlich ein halbes Dutzend Bekannte, selbst an trüben Tagen.

Ich öffnete die Tür und trat ein. Ein Gefühl der Nostalgie überkam mich, als ich den alten rot-weiß gemusterten Linoleumboden sah. Alles war blitzblank, dafür sorgte Claire immer, aber die Zeit hatte ihre Spuren hinterlassen. Ich ging zum Tresen und stellte mich in die Schlange, als ich Lillie Wheeler und Barbara Whitley an einem der Tische beim Essen entdeckte.

Sie winkten mir zu. Ich gab bei dem jungen Mädchen hinter dem Tresen meine Bestellung auf und ging zu ihnen hinüber, um sie zu begrüßen. Die beiden Frauen waren gute Freundinnen meiner Mutter gewesen und ich hatte sie seit einer Ewigkeit nicht mehr gesehen.

„Meine Güte, Madison. Ich habe gehört, dass du wieder da bist, aber ich hatte noch keine Gelegenheit, bei dir reinzuschauen." Barbara lächelte mich an. „Wie läuft es mit der Praxis?"

„Gut." Ich erwiderte das Lächeln. „Ich bin ziemlich beschäftigt. Es gibt eine Menge Pferde und Rinder in der Gegend."

„Oh, daran sollte es nie mangeln. Was ist mit Kleintieren? Meine Enkelin hat einen Chinchilla", meinte Lillie. „Kümmerst du dich auch um so was?"

Ich kicherte. „Das ist nicht gerade mein Fachgebiet, aber wenn es Probleme gibt, sehe ich mir das kleine Biest einmal an."

Barbara beugte sich verschwörerisch vor. „Ich will keine Unruhe verbreiten, Madison, aber lass mich direkt zum Punkt kommen. Wie steht es denn mit dem Killarny-Jungen, mit dem du damals ausgegangen bist? Ich habe gehört, er war gestern Abend bei dir? Läuft da was? Ihr beide wart so ein süßes Paar damals. Und ich glaube, er ist Single. Seine Brüder auch, bis auf den Ältesten, glaube ich. Wäre nicht die schlechteste Familie zum Einheiraten."

Barbara und Lillie hatten nicht die geringste Ahnung, was damals wirklich vorgefallen war zwischen meinem Vater und Sean Killarny und ich würde mich hüten, den beiden Klatschbasen davon zu erzählen. Sie waren nett und freundlich und wollten, dass ich glücklich bin. Aber sie hatten keine Ahnung, was zwischen mir und Alex los war.

Ich schüttelte den Kopf. „Alex und ich sind alte Kumpels. Wir haben nur gequatscht. Ist halt lange her, dass wir miteinander geredet haben."

Lillie zwinkerte mir zu. „Es ist gut, mit alten Freunden zu plaudern. Aber schließ andere Dinge nicht gleich aus. Ich denke, er wäre ein guter Fang."

Zum Glück rief am Tresen jemand meinen Namen und ich verabschiedete mich, um die Tüte mit meiner Bestellung entgegenzunehmen. Ich winkte den beiden alten Damen noch einmal zu und ging hinaus, die Straße hinunter zurück in die Praxis.

Es gab offenbar keinen anderen Tratsch als Alex und mich und dass da noch etwas laufen könnte. Etwas, dass ich fest entschlossen war, nicht wahr werden zu lassen.

STUNDEN SPÄTER, nachdem ich eine Ewigkeit gebraucht hatte, um mich für ein Outfit zu entscheiden, traf ich auf der Killarny-Ranch ein und fuhr gleich durch bis zu Alex' Haus. Ich hatte mir eine Wegbeschreibung geben lassen, denn das Anwesen war riesig und ich war nie in seinem eigenen Haus gewesen. Er hatte es erst gebaut, als ich schon fort war. Ich war neugierig, wie es wohl aussah, und gleichzeitig ein wenig angespannt.

Ich wurde nicht enttäuscht. Als ich um die Kurve bog, kam ich auf ein niedriges Haus zu, umgeben von hohen, alten Pekannussbäumen. Ein wunderschönes, kleines Farmhaus inmitten der Bäume.

Es war weiß, mit einer breiten Veranda davor. Es war wie aus dem Bilderbuch, inklusive Schaukel auf der Veranda. Genau so hätte ich mein Traumhaus gezeichnet, wenn mich jemand gefragt hätte.

Ich hielt an und stieg aus dem Wagen. Mir war in letzter Minute noch eingefallen, dass man etwas mitbrachte, wenn man zum Essen eingeladen war. Leider war die Bäckerei schon geschlossen gewesen, daher hatte ich einfach eine verstaubte Flasche Rotwein aus dem Keller mitgenommen, die der Doc dagelassen hatte. Sie war alt und ich hoffte, Alex würde das zu schätzen wissen, allerdings glaubte ich mich zu erinnern, dass er lieber anderes Zeug trank.

Er begrüßte mich auf der Veranda und hielt mir mit einem sehr vertrauten, leichten Grinsen die Tür auf.

„Willkommen in meinem Heim", sagte er und ließ mich eintreten.

„Danke." Ich blickte mich neugierig um. Das Haus war nur spärlich dekoriert, aber für einen Junggesellen recht ansehnlich. „Ein hübsches Haus hast du."

„Es hat einige Zeit gedauert, es genau so zu machen, wie ich es gern haben wollte, aber ich bin mit dem Ergebnis sehr zufrieden."

„Hast du es selbst entworfen?" Ich hatte eine vage Erinnerung an Gespräche damals, als es um Häuser ging, die wir später mal haben wollten, wenn wir verheiratet waren.

Er nickte. „Jeder von uns hat ein Haus auf dem Anwesen. Als es Zeit für mich wurde, meines zu bauen, stellte ich jemanden ein und entwarf alles mit ihm gemeinsam. So bekam ich genau das, was ich wollte."

„Sieht aus, als wäre deine Vorstellung Wirklichkeit geworden."

Ich folgte ihm in die Küche. Von einem Topf stieg heißer Dampf auf.

„Du musst nichts machen, ich koche für dich. Setz dich einfach an die Bar. Ich habe Wein gekühlt, schenk dir doch schon mal ein Glas ein und guck zu."

Genau das tat ich. Während ich an meinem gekühlten Wein nippte, sah ich ihm zu, wie er im Topf rührte und Dinge hinzufügte, aber meine Aufmerksamkeit galt in erster Linie seinem Körper und der Art, wie er sich bewegte. Er war breiter geworden seit der Schulzeit, als er noch Basketball gespielt hatte. Er war sportlich und fit gewesen. Nun war er dank der schweren Arbeit auf der Ranch einfach muskulöser geworden, mit einem breiten Kreuz. Sein Rücken und seine Schultern waren kräftig ausgeprägt und ich fragte mich, wie es sich wohl anfühlte, wenn ich meine Arme um ihn schlang und meine Hände über seine Muskeln fahren ließ. Ich erschauerte leicht, als mein Blick über seinen Rücken hinunter zu seinem prallen Hintern glitt.

Er drehte sich um und erwischte mich beim Glotzen. Ich trank von meinem Wein und tat so unschuldig wie möglich.

„Wollen wir dann essen?"

Das Essen war nett, er hatte sich wirklich Mühe gegeben. Offenbar hatte er im Laufe der Jahre Talent und Interesse für das Kochen entwickelt. Heute wusste ich das auf jeden Fall mehr zu schätzen, als ich es als Teenager getan hätte, als wir noch miteinander gingen. Aber irgendetwas nagte noch an mir. Ich wusste nicht, warum er mich hergebeten hatte. Zwar hatte er behauptet, er wollte sich bei mir bedanken und ich hätte das gern geglaubt, als Geste für eine alte Freundin. Aber war es wirklich nur das gewesen?

Ich legte meine Gabel beiseite und faltete die Hände unter dem Kinn.

„Wozu dient denn das alles hier, Alex?"

Er zuckte betont gleichmütig mit den Schultern, sichtlich bemüht, so zu tun, als ginge es wirklich nur ums Essen, eine gute Flasche Wein und darum, eine alte Freundin mal zu Hause zu bewirten. Zugegeben, wir hatten uns lange nicht gesehen und es wäre durchaus denkbar, dass das in der Tat normal für ihn war. Ich wusste nicht, mit wie vielen Frauen er in den vergangenen zehn Jahren ausgegangen war und ich wollte mich damit auch gar nicht erst befassen.

„Was meinst du? Ich wollte etwas für

dich kochen, mehr nicht. Als Dankeschön für deinen Rat bezüglich Pineapple. Dass du uns bei einer solchen Risikoschwangerschaft zur Seite stehst, weiß ich eben sehr zu schätzen."

Ich nahm mein Glas und trank einen Schluck. „Nun, du bezahlst schließlich dafür. Es ist mein Job. Ich mache das nicht aus reiner Nächstenliebe. Dafür bekommst du eine Rechnung zugeschickt."

Alex lachte darüber und es war angenehm, das zu hören. Sein Lachen hatte mir gefehlt.

Er nickte. „Na schön. Schick mir die Rechnung, ich erwarte ja gar nichts anderes. Du machst einen guten Job und das kann man doch mal lobend erwähnen."

Ich blickte ihn skeptisch an. Worauf wollte er denn hinaus? Nach dem Gespräch in Claire's Diner mittags war ich der Ansicht, ich sollte das Thema vielleicht direkt ansprechen, bevor die Sache immer größere Kreise zog.

„Dann geht es hier also nicht darum, wieder mit mir zusammenzukommen? Weil, das wird nicht passieren." Ich wollte nicht voreilig erscheinen. Vielleicht wollte Alex wirklich nur nett zu mir sein, aber Lorna hatte immerhin auch gemeint, es klinge doch eher wie ein Date. Ich wollte einfach wissen, woran ich war und was Alex von mir erwartete.

„Wird es nicht?", fragte er und zog eine Augenbraue hoch.

Ich schüttelte den Kopf. „Auf keinen Fall. Was mich betrifft, gibt es zwischen uns eine geschäftliche Beziehung und vielleicht eine Freundschaft. An mehr bin ich nicht interessiert."

Ich fragte mich, ob er diese Lüge sofort durchschaute. Früher hätte er das sofort gemerkt, wir kannten uns dereinst sehr genau. Mein schneller Herzschlag und die leichte Röte dürften ihm wohl kaum entgangen sein. Ich fluchte innerlich, dass es nicht Dezember war und ich meinen verräterischen Hals unter einem Rollkragenpulli verstecken konnte.

„Weißt du, ich denke, du bist nicht ehrlich zu dir selbst."

„Warum sagst du so etwas? Du kennst mich nicht. Wir haben uns ewig nicht mehr gesehen, ich habe mich verändert, Alex. Sogar sehr. Denk nicht, dass du mich noch kennst."

Er streckte die Hand aus und legte sie auf meine.

„Sag mir, dass du nicht daran gedacht hast, seit du wieder in der Stadt bist. Sag mir die Wahrheit. Falls nicht, na gut. Dann ist das so. Aber ich glaube, du hast sehr wohl an uns beide zusammen gedacht. Wie es wäre, wenn wir wieder miteinander ausgingen. Du weißt ebenso gut wie ich, dass wir immer zueinander hingezogen werden und wir dieser Kraft nicht widerstehen können."

Meine Hand wurde heiß unter

seiner, aber ich zog sie nicht weg. Er hatte natürlich recht und meine Fassade sofort durchschaut. Vielleicht war es eine rein körperliche Sache. Ich war seit Monaten nicht mehr mit jemandem zusammen gewesen und meine letzte, recht kurze, Beziehung war vor über einem Jahr zu Ende gegangen. Es gab niemanden sonst in meinem Leben und ich bekam nicht die Befriedigung, die ich mir wünschte.

„Ich habe über uns nachgedacht."

Alex grinste. „Sag mir, was du so gedacht hast."

Ich blickte auf den Tisch, dann sah ich wieder zu ihm auf. „Jedenfalls nicht an eine Beziehung. Du weißt, dass das nicht geht. Es wäre einfach zu viel. Zu viel für meinen Vater, um damit klarzukommen. Ich würde ihm das einfach nicht antun wollen. Aber ich habe darüber nachgedacht. Das lässt sich auch gar nicht vermeiden, denn ich treffe ständig andere Leute, die uns kennen und wissen, dass wir damals zusammen waren. Heute Mittag im Diner, da haben zwei Frauen über uns geredet, du weißt schon, der großmütterliche Typ. Wie niedlich wir doch sind und wie schön es ist, dass ich wieder in der Stadt bin und wie sehr du jemanden brauchst, um zur Ruhe zu kommen. Dass es für uns doch absolut sinnvoll wäre, wenn wir wieder zusammenkämen nach all den Jahren."

Er kicherte. „Und was wäre daran so schlecht?"

Ich versuchte, meine Hand wegzuziehen, aber er hielt sie fest. Er drückte nicht richtig zu, aber er hielt mich fest, um mir zu zeigen, dass er mich nicht gehen lassen wollte. Mir wurde warm und ich brauchte dringend frische Luft.

„Ich habe dir doch erklärt, wieso. Das kommt nicht infrage. Und das ist auch nicht, woran ich dachte."

Ich hatte es gerade ausgesprochen, da wurde mir bewusst, wie das klingen musste.

„Woran hast du denn dann gedacht?"

Ich verzog das Gesicht und überlegte schnell. Ich war eine erwachsene Frau, im Gegensatz zu dem Mädchen, das Alex gekannt hatte. Ich hatte Wünsche und Bedürfnisse. Und ich konnte einfach sagen, was ich wollte. Ich konnte Grenzen setzen. Wenn ich etwas wollte wie Freundschaft mit einem kleinen Extra, dann konnte ich das bekommen. Zwar war es angesichts unserer Vergangenheit ein wenig heikel, das ausgerechnet mit ihm zu wollen, aber ich war alt genug, um zu wissen, was ich vom Leben wollte. Und es gab keinen Grund, mich für meine sexuellen Bedürfnisse zu entschuldigen. Wenn ich Sex haben wollte und sonst gar nichts, dann konnte ich das bekommen. Und wenn das mit Alex Killarny war …, tja. Wir kannten unsere gegenseitigen Vorlieben immerhin ein wenig. Natürlich war es ein Risiko, mit dem Mann ins Bett zu gehen, der damals mein erster war, und zu glauben, dass das ginge, ohne dass die alten Gefühle wieder hochkämen, aber damit konnte ich mich immer noch befassen, sollte das wirklich der Fall sein.

„Ich habe darüber nachgedacht, dich zu vögeln."

Er schmunzelte. „Witzig, denn genau dasselbe dachte ich auch."

Alex malte mit seinem Finger Kreise auf meiner Hand, ich spürte ein Kribbeln und die Wärme breitete sich in meinem ganzen Körper aus.

„Seien wir doch ehrlich, Maddy. Zwischen uns ist etwas. Du kannst es meinetwegen leugnen, aber ich weiß, dass du innerlich mit dir ringst. Wir müssen nicht über eine Beziehung reden. Darum geht es gar nicht. Du bist eine erwachsene Frau, die es verdient, verwöhnt zu werden. Und du weißt, dass ich das kann."

Er drehte meine Hand um und malte auf der Innenfläche wieder

Kreise. Mein Atem ging schneller und ich rutschte unruhig auf meinem Stuhl hin und her. Seine Berührung war wie ein Stromschlag, er fuhr mir direkt bis in die Klitoris. So etwas hatte ich noch nie mit einem anderen Mann erlebt. Natürlich konnten manche Männer einen mit einer einzigen Berührung anmachen, aber dies hier ging tiefer, berührte mich auf einer anderen Ebene. Ich genoss jede Sekunde, die er mir seine Aufmerksamkeit widmete.

„Willst du von mir gefickt werden, Madison?"

Die Art, wie er meinen vollen Namen sagte, ließ mich lustvoll erschauern. Aber wie sollte ich antworten? Ich durfte nicht zu viel drüber nachdenken. Das war schon immer mein Problem gewesen. Aber im Augenblick wusste ich genau, was ich wollte.

„Ja."

„Sag es mir."

„Ich möchte, dass du mich fickst, Alex."

Er schob den Stuhl zurück und kam um den Tisch herum. Er nahm meine Hand, ich stand auf und er küsste mich. Auf diesen Kuss hatte ich gewartet, seit wir uns im Laden über den Weg gelaufen waren. Er hätte es auch da schon tun können, mich einfach an sich ziehen und mich mitten im Laden küssen können. Mir wurde bewusst, dass ich sofort weich geworden wäre.

Aber hier in seinem eigenen Haus hatten wir endlich die Privatsphäre, die wir als Teenager niemals hatten, und er nutzte die Gelegenheit ohne zu zögern aus.

Er löste den Kuss und ließ seine Lippen über mein Kinn wandern. Ich spürte seine Bartstoppeln auf meiner Wange und roch sein Aftershave. Darunter lag der süße Geruch nach Heu. Ich unterdrückte ein Lächeln und überließ meinen Körper seiner Führung.

Er küsste sich bis zu meinem Ohr und sagte: „Das wollte ich schon lange tun." Er verlor keine Zeit, sondern hob mich hoch und trug mich die Treppe hinauf in sein Schlafzimmer. Er machte sich nicht die Mühe, hinter uns die Tür zu schließen. Vor dem Bett stellte er mich ab und machte einen Schritt zurück, um sich auszuziehen. Er ließ keinen Zweifel daran, was er im Sinn hatte.

„Zieh dich aus", sagte er in rauem Ton.

Langsam öffnete ich den Reißverschluss meines Kleides und ließ es zu Boden gleiten. Ich streifte die Schuhe ab, zog den BH aus und präsentierte ihm meine Brüste. Er holte tief Luft und kam einen Schritt näher. Er hakte seine Daumen unter das Bündchen meines Slips und zog sie runter, während er vor mir auf die Knie ging. Er spreizte meine Beine ein wenig und beugte sich vor, um meinen Geruch einzuatmen.

„Du hast mir so gefehlt", sagte er, schob meine Schamlippen auseinander und tauchte seine Zunge in mich, um mich zu kosten. Dann schob er mich auf das Bett und drückte meine Beine auseinander.

Ich war von seinen Worten beim Essen schon feucht geworden, ebenso von dem Gedanken, dass er mich ficken würde. Noch nie in meinem Leben war ich so erregt. Er leckte mich gründlich. Seine Zunge war wie ein Traum, umspielte meine Klitoris und saugte sanft daran, während er mit zwei Fingern in mich eindrang. Ich schrie auf, als er das tat, er saugte stärker und hörte nicht auf, während ich mich aufbäumte. Ich spürte, wie ich mich meinem Höhepunkt näherte, spürte die wachsende Erregung. Und Alex wusste genau, was er tun musste, um mich kommen zu lassen. Er würde nicht aufhören, bis es soweit war. Ich ließ alle Bedenken hinter mir und spürte die erste Welle meines Orgasmus, meine

Beine zitterten auf seinen Schultern, während er saugte und leckte, bis ich bettelte, er möge aufhören.

„Ich will dich in mir spüren", sagte ich, als er auf das Bett stieg und sich auf mich legte. Mit einer schnellen Bewegung zog er sich die Boxershorts aus und sein Schwanz wippte mir entgegen. Ich griff danach, ich wollte ihn berühren und mich erinnern, wie er sich anfühlte.

Er erschauerte unter meinem Griff und drängte sich an meine feuchte, zitternde Pussy. Ich war erhitzt und erregt, ich wollte alles, jede Sekunde dieser lustvollen Vereinigung sollte ewig dauern. Langsam drang er in mich ein, ich hob ihm mein Becken entgegen, um ihn tiefer in mir aufzunehmen. Endlich war er ganz in mir drin und ich seufzte zufrieden, schlang meine Beine um ihn und hielt ihn fest an mich gepresst.

„Ich wollte das auch schon seit sehr langer Zeit."

Alex stöhnte auf und begann langsam, in mich zu stoßen. Ich konnte sehen, dass es ihn einige Anstrengung kostete, sich zurückzuhalten. Ich wollte ihm sagen, er könnte schneller machen, mich so hart nehmen, wie er wollte, aber ich mochte auch den langsamen, köstlichen Rhythmus, in dem er mich liebte.

Ich fing an, meine Klitoris zu reiben und er legte etwas zu.

„Halt nichts zurück", sagte ich und blickte ihm tief in die Augen. Er starrte mich an, ohne zu blinzeln. Ich schnappte nach Luft und schrie auf. Er hatte mich noch nie so angesehen und es war gleichermaßen beängstigend und aufregend.

Er fickte mich hart und schnell, sein pulsierender Schwanz trieb mich ein weiteres Mal zum Höhepunkt, ich rief seinen Namen, krallte meine Fingernägel in seinen Rücken und klammerte mich an ihn. Er stöhnte laut auf, drang noch zweimal tief und hart in mich ein und ergab sich seinem eigenen Orgasmus.

Wir lagen da, genossen die Hitze dessen, was wir gerade erlebt hatten, bis wir es nicht mehr aushielten und wieder von vorn anfingen.

7

lex

Als ich am nächsten Morgen erwachte, fühlte ich mich so gut wie schon lange nicht mehr und für einen Moment wusste ich nicht einmal, warum. Aber dann blickte ich zur Seite und sah das zerdrückte Kissen. Lächelnd erinnerte ich mich an die Ereignisse der letzten Nacht.

Seit ich sie das erste Mal

wiedergesehen hatte, wollte ich sie schon vögeln. Sie war in den vergangenen Jahren noch schöner geworden und endlich hatte ich ihren wundervollen Körper wieder kosten dürfen.

Das erste Mal war schneller gelaufen, als ich gehofft hatte, aber wir brauchten es beide so nötig. Da war etwas zwischen uns, das dringend befriedigt werden musste. Dieses Bedürfnis hatte offenbar seit Jahren an uns beiden genagt. Ich war mit anderen Frauen zusammen gewesen, aber keine hatte mich so empfinden lassen wie Maddy. Es war mehr als nur ficken und berührte mich in einer Weise, die ich mir selbst kaum eingestehen konnte. Ich hatte mich für stärker gehalten, aber sie hatte diese Begierden in mir geweckt und ich wusste, nichts anderes würde mich glücklich machen können. Es reichte, sie nur ein einziges Mal zu kosten, und schon war ich abhängig davon. Es erinnerte mich daran, wie es früher zwischen uns war und ich dachte, dies könnte sogar noch viel besser werden.

Sie war bereits gegangen, ich nahm an, sie musste früh in der Praxis sein, daher machte ich mir darüber keine Sorgen. Ich wollte einfach nur hier liegen und mich an jedes Detail unserer Liebesnacht erinnern, an ihren lieblichen Geschmack und wie sie erschauderte. Das Blut schoss mir ins Glied und ich wünschte, sie wäre noch hier, damit ich sie erneut zum Orgasmus bringen konnte, wieder und wieder.

Ich griff nach meinem Telefon und entsperrte es. Ich hatte eine Nachricht von Maddy.

„Tut mir leid, dass ich so früh gegangen bin. Ich wollte dich nicht wecken, du sahst aus, als hättest du den Schlaf nötig :) Ich muss heute einige Hausbesuche machen und später bin ich in der Stadt, um mir das Feuerwerk anzuschauen. Schau doch vorbei, wenn du kannst. Wir sehen uns später!"

Ich warf das Handy beiseite, schloss die Augen und stöhnte auf. Aber das brachte sie mir auch nicht in mein Schlafzimmer zurück. Ich wusste, dass sie Dinge zu erledigen hatte, und ich wollte sie auch nicht davon abhalten, aber ich würde den ganzen Tag damit zubringen, daran zu denken, sie zu vögeln. Ich würde mir eine Beschäftigung suchen müssen, um mich abzulenken, bis ich sie wiedersah. Es gab jede Menge zu tun auf der Ranch. Als Erstes würde ich das Paar in Texas anrufen müssen, um mit ihnen über Pineapple und das Fohlen zu reden.

Ich brachte genug Energie auf, um mich aus dem Bett zu quälen und schlurfte ins Bad, sprang unter die kalte Dusche, um wach zu werden und gleichzeitig jegliche Erregung zu unterdrücken, die selbst ein harmloser

Gedanke an Maddys nackten Körper unweigerlich mit sich brachte.

„Was geht?", fragte Pete, als ich sein Büro im Hauptgebäude betrat. „Habe ich da etwa einen SUV vor deinem Haus heute Morgen in aller Frühe entdeckt?"

Ich schmunzelte. „Ich dachte, da wäre sie schon weg gewesen."

Pete kicherte. „Nein. Sei froh, dass Emma das nicht gesehen hat. Ich möchte kein Gespräch über deine Damenbesuche mit ihr führen müssen. Aber wenn sie über Nacht geblieben ist, dann war es wohl Maddy. Also läuft da wieder etwas zwischen euch?"

Ich zuckte unsicher mit den Achseln. „Wäre mir sehr recht, aber ich weiß nicht, wie sie dazu steht. Und ich möchte mit dir über das Land ihrer Familie reden, wenn auch nicht gerade jetzt. Ich muss mich heute beschäftigen und ablenken. Und ich muss das Paar in Texas anrufen wegen Pineapple."

„Gute Idee. Ich wollte mich gerade auf den Weg machen, du kannst dich hier im Büro also richtig austoben."

Sobald mein Bruder draußen war, ließ ich mich auf den Stuhl hinter dem Schreibtisch fallen und suchte in der Datenbank nach der Telefonnummer der Käufer.

Das Gespräch verlief nicht ganz so, wie ich es mir erhofft hatte, aber überraschend kam das nicht. Sie hatten für eine Einjährige unterschrieben, nicht für eine trächtige Stute.

„Treiben Sie es ab", sagte der Mann am anderen Ende der Leitung.

„Ich fürchte, das ist nicht möglich. Der beteiligte Hengst ist sehr wertvoll und hat uns einige sehr gute Rennpferde eingebracht. Er hat in den letzten Jahren weniger Nachkommen hervorgebracht und wir wissen nicht, wie lange er noch zeugungsfähig bleibt. Daher werden wir diesen Nachwuchs nicht aufs Spiel setzen. Das Fohlen gehört uns, ebenso wie Pineapple im Augenblick noch. Wenn Sie also kein Interesse mehr an dem Geschäft haben …?"

Ich hörte ihn am anderen Ende der Leitung murren und knurren. „Also wollen Sie lieber das Leben der Einjährigen aufs Spiel setzen, nur um zu sehen, ob ein brauchbares Tier für Sie dabei herauskommt?"

„Bitte verstehen Sie mich nicht falsch. Sie wird regelmäßig untersucht und die Tierärztin ist der Ansicht, dass sie fit genug für eine Schwangerschaft ist. Ich weiß natürlich, dass es dabei Risiken geben kann, aber Pineapple wird regelmäßig untersucht und überwacht. Unsere Tierärztin ist hervorragend und ich vertraue ihr absolut."

„Sie lassen das von einer Frau erledigen?"

Ich rollte mit den Augen, auch wenn es niemand sehen konnte. Dass es unter den Ranchern immer noch so altmodische Sexisten gab, erstaunte mich immer wieder.

„Ja, und wenn Sie damit ein Problem haben, dann müssen Sie mit jemand anderem Geschäfte machen. Es ist unsere Sache, wem wir unsere Pferde anvertrauen, es geht Sie überhaupt nichts an."

Er grummelte wieder und gab zögernd nach. „Na schön, aber wenn es ein Problem gibt, ist das allein Ihre Sache."

„Ist klar. Schönen Tag noch."

Ich legte auf und fluchte leise vor mich hin. Es war ätzend, mit solchen Leuten Geschäfte zu machen, erst recht, wenn man bedachte, dass die Stute noch immer uns gehörte. Es war unverschämt von ihm gewesen, eine Abtreibung zu verlangen. Wenn Maddy der Ansicht war, dass Pineapple das verkraftete, dann würde ich die Stute das Fohlen austragen lassen.

. . .

DER TAG VERGING SEHR LANGSAM, aber schließlich zeigte die Uhr endlich fünf und ich fuhr von der Ranch in die Stadt, vorbei an dem Haus von Madisons Vater. Davor stand nur ein Auto, also hielt ich gar nicht erst an. Aber selbst wenn sie auch da gewesen wäre, hätte ich nicht gehalten. Ihr Vater würde mich auf gar keinen Fall sehen wollen und ich wollte dem alten Mann nicht noch mehr Kummer bereiten durch meinen Anblick. Es war nicht sehr wahrscheinlich, dass es zwischen ihm und meinem Vater je zu einer Versöhnung kommen würde, was schlimm genug war, wenn man bedachte, wie gute Freunde sie dereinst gewesen waren.

Aber stimmte das überhaupt? Mein Vater war kein Mensch, mit dem die Leute gern zu tun hatten, aber das hing auch davon ab, wer man war. Wenn man vorankommen wollte und sich dafür Hilfe von Sean Killarny erhoffte, dann ergab es schon Sinn. Allerdings würde ich selber lieber nichts mit ihm zu tun haben wollen, wenn er nicht mein Vater gewesen wäre, nicht nachdem er so mit Maddys Vater umgegangen ist.

Ich wünschte, ich hätte die Möglichkeit, die Dinge zu ändern. Aber es lag nicht in meiner Macht, damals nicht und heute auch nicht. George Graston hatte seine Frau verloren und musste noch immer Pacht an uns bezahlen. Ich konnte nicht verstehen, dass mein Vater das niemals rückgängig gemacht hatte, auch nach dem Tod seiner eigenen Frau nicht, aber ich ahnte, dass es nicht so simpel war. Mein Vater war sehr stolz und er ließ sich nicht so leicht von einer einmal gefassten Haltung abbringen, selbst wenn er es vielleicht sogar einsah, dass es das Richtige gewesen wäre.

Als ich in die Stadt kam, sah ich Maddys Wagen vor ihrer Praxis stehen und parkte mein Auto gleich dahinter.

Ich schlenderte ins Haus und traf Lorna im Vorzimmer an.

„Hey, Lorna", sagte ich lächelnd. Ich wollte herausfinden, ob sie wohl wusste, was zwischen mir und Maddy gelaufen war. Die beiden waren beste Freundinnen, aber ich wusste nicht, wie sehr sie über private Details miteinander redeten. Das Lächeln auf Lornas Gesicht ließ mich vermuten, dass sie genug wusste.

„Hey Mister, wie geht es?"

„Gut. Ich suche nach Maddy. Seid ihr hier fertig für heute?"

Sie nickte. „Ich wollte gerade Schluss machen. Maddy ist nach oben gegangen, um sich umzuziehen, sie wird gleich wieder unten sein. Sie wollte auswärts essen und sich das Feuerwerk anschauen. Ich bin später unten im Roadhouse, falls ihr auch kommen wollt."

„Könnte sein." Allerdings hoffte ich insgeheim, dass Maddy und ich hierher zurückkommen würden.

Lorna war gerade gegangen, da kam Maddy die Treppe herunter und lächelte, als sie mich sah.

„Dachte mir schon, dass du hier auftauchst", sagte sie grinsend, kam zu mir und küsste mich auf die Wange.

Ich drückte sie kurz an mich. „Willst du dich ein wenig unters Volk mischen?"

„Ich würde lieber mit dir nach oben gehen." Ich drehte mich um und schob sie Richtung Tür.

Maddy lachte laut auf. „Okay, das hätte ich nicht sagen sollen. Ich habe mich mit einigen Leuten für die Feierlichkeiten zum 4. Juli verabredet, alles andere muss also warten."

„Du treibst Spielchen mit mir", sagte ich, während sie meine Hand nahm und mit mir in die Innenstadt ging, wo die Festlichkeiten stattfinden würden.

„Wie war dein Tag?", fragte sie, als wir dort ankamen.

„Ich habe die potenziellen Käufer für Pineapple angerufen."

„Oha, das klingt nicht gut. Wie haben sie reagiert?"

„Sie waren nicht allzu glücklich darüber, dass ihr Fohlen trächtig ist. Der Mann wollte, dass wir es abtreiben, aber ich habe ihm gesagt, das ginge nicht, weil Nevada Rebel der Vater ist."

Maddy schaute mich voller Besorgnis an. „Ehrlich, Alex, wenn das ein Problem ist, dann können wir das machen. Es ist bei so jungen Stuten nicht ungewöhnlich bei den meisten Züchtern. Aber meiner Erfahrung nach ist es unnötig in diesem Fall. Sie ist jung, aber sehr gesund. Sie wird es gut verkraften. Allerdings möchte ich nicht, dass du deswegen Ärger bekommst."

Ich schüttelte den Kopf. „Nein, wir machen es so wie besprochen. Der Mann hat darüber nicht zu bestimmen. Wir müssen an unsere Zucht denken und jedes Fohlen von Nevada Rebel würde den doppelten Preis einbringen als Pineapple. Nicht, dass mir ihr Wohlergehen nicht auch am Herzen läge, aber ich vertraue in diesem Punkt deinem Urteil ganz und gar. Du weißt schon, was du tust."

„Solange du mit der Entscheidung nur glücklich bist", meinte sie und wir schlossen uns den Feierlichkeiten an.

8

adison

Der Geruch von Hot Dogs und Hamburgern waberte überall durch den Park, der den zentralen Platz in der Innenstadt umgab, bis hinunter zum See. Das erinnerte mich daran, dass ich mittags nichts gegessen hatte.

„Möchtest du etwas essen?", fragte Alex.

Ich nickte und wir gingen zu einem Stand, an dem ein paar Mitglieder der hiesigen Kirchengemeinde Hamburger anboten. Alex kaufte uns je einen und wir gingen damit zu einer Bank am See, wo wir es uns gemütlich machten und aßen.

„Es ist irgendwie ein bisschen wie damals, oder?", fragte er und biss in seinen Hamburger.

Ich nickte und wischte ihm etwas Senf aus dem Gesicht. „Genau wie früher."

„Ich finde, du bist noch hübscher geworden."

Ich warf ihm einen skeptischen Blick zu. „Das heißt, damals war ich nicht hübsch genug?"

Er legte mir einen Arm um die Schulter und zog mich an sich. „Du warst umwerfend damals und das bist du immer noch, aber die letzten zehn Jahre waren gut zu dir. Ich hätte es kaum für möglich gehalten."

„Du siehst auch nicht schlecht aus", meinte ich, als ich ihn dabei erwischte, wie er mich anstarrte. „Du bist aber etwas fetter geworden."

„Hey!" Alex klatschte mir auf den Hintern.

„Lass das, du weißt, dass ich das hasse!", sagte ich lachend.

„Du hast mich fett genannt! Ich kann dir sagen, das ist alles Muskelmasse. Ich habe ziemlich hart trainiert, seit wir uns das letzte Mal gesehen haben."

„Ist mir aufgefallen. Du bist nicht mehr der schlaksige Junge aus der Highschool."

Er schüttelte entschieden den Kopf. „Du bist ja ziemlich frech heute."

Ich grinste und rutschte näher zu ihm heran. Es fühlte sich an, als würden wir in vertraute Verhaltensweisen schlüpfen. Ich wusste nicht, was ich davon halten sollte. Es fühlte sich an, als wäre ich in die Zeit zurückgereist, um da anzuknüpfen, wo wir aufgehört hatten. Aber ich wusste, so einfach war das nicht. Und ich war mir sicher, dass es Alex auch aufgefallen war.

„Ich habe über das Anwesen deines Vaters nachgedacht, auf dem Weg hierher."

„Ach ja?"

Er nickte. „Was wohl nötig wäre, damit er es zurückbekommt. Ich weiß es nicht. War nur so ein Gedanke. Und ich frage mich, wie er es wohl finden würde, dass wir beide wieder zusammen sind."

Ich legte den Kopf auf die Seite und sah ihn prüfend an. „Sind wir das?"

„Möchtest du es denn gern?"

„Ich habe zuerst gefragt."

„Stimmt wohl." Er schwieg einen Moment lang und ich nahm an, er würde nicht mehr antworten. Ich schaute zu den Leuten am See hinüber und fragte mich, wie unser Leben wohl verlaufen wäre, wenn wir uns nie getrennt hätten.

„Du hast mir gefehlt", sagte er nach ein paar Minuten. „Ich habe dich jeden einzelnen Tag vermisst. Ich behaupte ja nicht, dass ich nie aufgehört habe, an dich zu denken oder dass es keine anderen Frauen gab. Das wäre gelogen. Es gab andere, aber keine von ihnen war von Bedeutung. Ich habe mit ihnen geschlafen und bin mit ihnen ausgegangen, aber das war es." Er blickte mich ernst an. „Es mag schmalzig klingen, aber sie konnten dir alle einfach nicht das Wasser reichen."

Ich schluckte schwer und blickte hinaus auf den See. Das war alles ein wenig zu viel. Ich wollte aufrichtig mit Alex sein und ihm sagen, was ich fühlte, aber es machte mich so verletzbar. Es erinnerte mich daran, wie ich mich in den ersten Wochen und Monaten nach unserer Trennung gefühlt hatte. Es hatte mir das Herz gebrochen, das wollte ich nie wieder erleben. Er hatte die Macht dazu, mir das anzutun und dem wollte ich mich nie wieder ausliefern. Nicht, solange mein Vater so krank war. Nicht, wenn ich nicht wusste, wohin es führen würde.

„Ich möchte es schon irgendwie, aber du weißt, es ist lange her. Wir sind nicht mehr dieselben Menschen. Ich wünschte, wir konnten dort anfangen, wo wir aufgehört haben, aber ich glaube nicht, dass das geht oder überhaupt gut für uns wäre. Wir sollten der Tatsache ins Auge sehen, dass wir uns geändert haben."

Alex nickte. „Okay. Dann möchte ich gern die Frau kennenlernen, die du geworden bist, wenn dir das recht ist."

Ich lächelte ihn an. „Das wäre ein Anfang."

„Erzähl mir von deiner Collegezeit. Wieso hast du dich für Tiermedizin entschieden?"

Ich erzählte ihm von den Englischkursen im ersten Jahr und wie sehr sie mir gefallen hatten, aber dann entschied ich mich für ein Fach, mit dem ich mehr Geld verdienen konnte, vermied aber jegliche Erwähnung meines Vaters und die Schulden meiner Familie. Ich erzählte ihm vom Leben auf dem Campus und meiner WG mit einigen Freunden, den Partys und den Verabredungen, die das Studium so mit sich brachten. Dann ging ich in eine andere Stadt für das Studium der Tiermedizin.

„Lucy und ich haben kurz wieder miteinander gewohnt, aber ohne unsere Mutter als Vermittlerin war das ziemlich schwierig. Du erinnerst dich daran, wie oft wir uns früher gestritten haben? Es stellte sich heraus, dass es später auch nicht besser wurde, nur ging es dann um das schmutzige Geschirr und die Wäsche und den ganzen Haushaltskram."

„Ich erinnere mich an das eine oder andere Scharmützel."

Ich rollte mit den Augen. „Jedenfalls machte ich ein Praktikum und alles, was für das Studium nötig war. Nebenbei fing ich an, in einer Praxis in Louisville zu arbeiten, aber da bekam ich nicht genug Erfahrung mit Pferden vermittelt, wie ich es gewollt hätte. Als ich hörte, dass hier die Praxis zu haben ist, dachte ich, es wäre eine kluge Entscheidung."

So einfach war das gewesen. Es erklärte, warum ich hier war, ohne in die Details über meinen Vater zu gehen. Ich wollte darüber nicht mit Alex reden. Ich wusste nicht, was aus uns beiden werden würde, daher wollte ich ihn nicht zu sehr in meine privaten Dinge einbeziehen.

Wir suchten uns ein gutes Plätzchen, um das Feuerwerk zu bestaunen, wie alle anderen, dann gingen wir zum Roadhouse, um uns mit Lorna und ihrem aktuellen Freund Billy zu treffen. Er war damals auch auf unserer Schule gewesen, allerdings ein paar Jahrgänge über uns.

„Ich muss dir ehrlich gestehen, dass ich nicht oft hierherkomme", meinte Alex, als wir eintraten. „Einige der Gäste machen einen etwas fragwürdigen Eindruck und darauf lege ich keinen allzu großen Wert."

„Sollen wir lieber wieder gehen?"

Er schüttelte den Kopf. „Nein, aber ich halte die Augen auf. Irgendjemand zettelt hier ständig einen Streit an und ich möchte nicht, dass du dazwischen gerätst."

Es handelte sich um ein typisches Roadhouse mit all den Typen, die man sich vorstellen konnte. Er hatte recht, ich stand auch nicht auf solche Bars, aber es war nett, mal wieder auszugehen und sich unter die Leute zu mischen. Wir setzten uns in eine Ecke, von wo aus wir die Tür sehen konnten. Lorna kam zu uns und brachte uns je ein Bier mit.

„Billy ist an der Bar, keine Ahnung, was los ist. Er hat mit jemandem irgendetwas Blödsinniges gewettet und jetzt gibt es Streit ums Geld oder so." Sie rollte mit den Augen und machte eine wegwerfende Handbewegung. „Bei ihm weiß man nie."

„Wieso bist du mit ihm zusammen?", fragte Alex ganz direkt, über den Lärm von der Bar hinweg. Lorna warf mir einen Blick zu und schaute dann wieder Alex an. „Du hast Nerven, mich das zu fragen."

Alex runzelte die Stirn und schüttelte den Kopf. „Der Typ ist nicht gut für dich, Lorna. Der war schon in der Schule so und wird sich auch nicht mehr ändern. Ich schätze, er ist sogar noch schlimmer geworden und hat außerdem ein Alkoholproblem. Auf keinen Fall hat er sich gebessert."

„Du solltest deinen Kerl im Zaum halten, Maddy."

An ihrer Art zu reden merkte ich, dass sie bereits einige Drinks intus hatte. Es war nur eine Frage der Zeit, bis Billy von der Bar herüberkam und hier seinen Streit fortsetzte. Ich bereute es bereits, dass wir hergekommen waren.

Und dann war es auch schon soweit.

„Hey, Arschloch!", rief Billy lachend

und kam zu uns an den Tisch. „Man sieht dich hier ja sonst nie." Er blickte mich an. „Aber offenbar bist du ja fündig geworden. Brauchst keine anderen Pussys mehr zu jagen, hast ja jetzt eine gefunden. Kann ich gut verstehen."

Billy klatschte Lorna auf den Hintern und packte kräftig zu.

„Das ist nicht der richtige Zeitpunkt, Billy", meinte Lorna und schob ihn ein wenig von sich weg.

„Was zur Hölle soll das heißen? Du bist immer bereit dafür."

Er zog sie am Gürtel näher an sich und wollte ihr seine Zunge in den Mund stecken.

Alex war aufgesprungen, bevor ich es verhindern konnte.

„Billy, ich glaube, Lorna möchte nicht von dir angefasst werden. Du musst respektieren, was sie sagt, ansonsten gehen wir beide mal vor die Tür."

„Vergiss es, Alter. Du hast mir nicht

vorzuschreiben, wie ich mein Weib behandle."

Ich sah Lorna an. Es war mir unverständlich, wie sie es mit so einem Kerl aushielt. Ein Trunkenbold, der ihr nichts zu bieten hatte.

„Lorna, komm", sagte ich und stand auf.

„Niemand geht mit meinem Mädchen irgendwohin!", schrie Billy und haute mit der Bierflasche auf den Tisch. Er war ein Typ, der ständig Kneipenschlägereien anzettelte.

Alex packte ihn am Arm und schubste ihn Richtung Bar.

„Du widerlicher Drecksack."

Alex holte aus und versetzte ihm einen Kinnhaken, der Billy zu Boden schickte. Er bemühte sich, aufzustehen und Alex prügelte auf ihn ein, immer wieder. Ich schrie ihn an, er sollte aufhören und hielt gleichzeitig Lorna zurück. Sie war wie eine Wildkatze und wollte sich auf denjenigen stürzen, der ihren Typen attackierte. Endlich ließ

Alex von Billy ab und verließ ohne ein weiteres Wort und ohne mich das Lokal. Ich überließ es Lorna, sich um ihren verletzten Freund zu kümmern, und eilte Alex hinterher.

„Was zur Hölle sollte das?", schrie ich ihn an, als wir bei seinem Truck ankamen.

„Was meinst du damit? Der Dreckskerl hatte eine Abreibung verdient."

Ich schubste ihn gegen die Brust. „Die rufen bestimmt die Polizei und dann wirst du angezeigt." Ich stampfte mit dem Fuß auf. „Im Ernst, genau das habe ich gemeint. Das ist genau derselbe Scheiß, den du damals schon verzapft hast. Ich wusste, du prügelst dich gerne, aber ich hatte gehofft, du hättest dich geändert. Offenbar ein Irrtum."

Alex folgte mir zur Beifahrerseite des Wagens. „Du meinst ernsthaft, ich hätte mich zurückhalten sollen?"

„Ich verstehe ja noch, dass du dich

verpflichtet fühlst, die Ehre eine Frau zu verteidigen, und ich bin auch der Ansicht, dass Lorna nicht mit diesem Drecksack zusammen sein sollte, aber es ist ihre Entscheidung. Und den Typen blutend am Boden der Bar zurückzulassen, ist keine Art, mit dem Problem umzugehen."

„Und was soll das hier jetzt?"

Ich warf die Arme in die Luft, stieg ein und schlug die Tür hinter mir zu. Alex stieg auf der Fahrerseite ein.

„Bring mich nach Hause, wir sind durch."

„Was meinst du damit? Wir haben doch gerade erst angefangen."

Ich zuckte mit den Schultern und wandte meinen Blick ab. „Alex, ich habe zu viel um die Ohren. Ich habe keine Zeit für jemanden, der sich in Bars prügelt wie ein Halbstarker. Das war's. Aus uns wird nichts. Es ist mir egal, was wir vorhin gesagt haben. Wenn du so deine Abende verbringen willst, dann läuft das mit uns beiden nicht."

Er sah mich an und schüttelte den Kopf. Er startete den Wagen und fuhr mich schweigend zurück in die Stadt. Vor meinem Haus blickte ich ihm nach und war überzeugt, dass es sich endgültig mit uns erledigt hatte.

9

lex

ES WAR BEINAHE MEHR, als ich ertragen konnte, von Maddy getrennt zu sein und gleichzeitig zu wissen, wie nahe sie war. Wir hatten nicht mehr miteinander geredet seit dem Abend in der Bar. Was geschehen war, war unvermeidlich gewesen, das Arschloch Billy hatte schon lange eine ordentliche Abreibung verdient. Und ich empfand Genugtuung bei dem Gedanken, dass ich sie ihm endlich verpasst hatte. Allerdings war der Preis dafür sehr hoch. Die Frau, die ich mehr als alles in der Welt wollte, wollte nichts mehr mit mir zu tun haben.

Niemand sonst hatte ein Problem mit dem, was in der Bar vorgefallen war. Niemand hatte die Polizei gerufen, selbst Billy hatte keine Anzeige erstattet, wahrscheinlich, weil er wusste, wer meine Familie war und wie gut wir uns mit den Behörden verstanden. Auch wenn ich anderer Ansicht war, so gab es doch einige Leute in der Stadt, die den Namen meines Vaters höher schätzten als jeden anderen in der Stadt. Also gab es keine rechtlichen Konsequenzen, aber dafür hatte ich Maddy verloren. Monate waren vergangen. Wir sahen einander, wenn es unvermeidlich war und benahmen uns wie zivilisierte Leute, aber keiner von uns erwähnte jemals die Nacht in meinem Haus. Als hätte das Gespräch am See nie wirklich stattgefunden. Was auch immer ich mir erhofft hatte, es würde nun nichts mehr daraus werden. Falls wir je eine gemeinsame Zukunft hatten, war das null und nichtig, wegen der Sache in der Bar und weil sie zögerte, eine Beziehung mit jemandem einzugehen, der nicht alles perfekt durchgeplant hatte.

Dass ich ein Haus gebaut und ein Leben aufgebaut hatte, war nicht der Rede wert. Für mich lief es eigentlich gut, aber das wollte Maddy nicht sehen. Aber es ergab einfach keinen Sinn für mich. Es musste noch mehr dahinterstecken und ich war fest entschlossen, es herauszufinden.

Ich wartete, bis es sich eines Nachmittags ergab, dass Maddy für einige Stunden auf unserer Farm beschäftigt sein würde, dann machte ich mich auf den Weg in die Stadt, um Lorna in der Praxis aufzusuchen. Sie war mit ein paar Akten beschäftigt, als ich eintrat.

„Was machst du denn hier?", fragte sie patzig. Sie war offenbar noch immer ein wenig erbost und ich konnte es ihr nicht verdenken.

„Ich muss mit dir über etwas reden. Aber zunächst wüsste ich gern, ob Billy zu Hause auch so ist?"

Lorna runzelte die Stirn. „Ist doch egal. Wir haben uns getrennt. Er wollte nichts mehr mit mir zu tun haben, da ich mit der Frau befreundet bin, die mit einem Arschloch zusammen ist."

„Hast du ihm gesagt, dass deine Freundin und das Arschloch nicht mehr zusammen sind?"

Sie zuckte die Achseln. „Ist doch egal. Er ist nicht mehr interessiert."

Ich behielt meine Gedanken für mich, aber ich wusste, Lorna war ohne ihn besser dran. Der Typ brachte nur Probleme mit sich, das war schon zu Schulzeiten so. Eines Tages würde sie es einsehen, mit etwas mehr Distanz.

„Wieso bist du hier, Alex?", fragte sie kurz angebunden.

„Ich bin hier, weil ich dich fragen wollte, aus welchem Grund Maddy wirklich wieder in der Stadt ist."

Lorna blickte auf die Akten vor sich auf dem Tisch. „Du weißt, wieso. Doc Halloran hat die Praxis aufgegeben und brauchte einen Nachfolger. Sie hat davon gehört und die Gelegenheit beim Schopf gepackt."

Ich schüttelte ungläubig den Kopf. „Du weißt, dass das nicht stimmt. Wir kennen sie doch beide gut genug. Sie wollte nie hierbleiben. Sie ist fortgegangen und hatte ganz andere Pläne. Ich verstehe, dass sie Tierärztin geworden ist, um ihrem Vater zu helfen. Aber es steckt noch mehr dahinter und das hat auch mit ihrem Vater zu tun. Sag mir, worum es geht."

Lorna schaute mich an und kaute auf ihrer Unterlippe, bevor sie schließlich antwortete.

„Wenn sie je herausfindet, dass ich

dir das erzählt habe, zieht sie mir bei lebendigem Leib das Fell über die Ohren. Du bist der Letzte, dem sie das sagen würde."

„Lorna", flehte ich. „Ich habe doch keinerlei bösartige Absichten. Im Gegenteil, ich will ihr doch helfen. Aber solange ich nicht weiß, worum es geht, kann ich das nicht. Sag es mir bitte. Sie ist deine Freundin, aber meine auch. Ich wünschte, es wäre mehr als nur das, aber ich komme schon damit klar, dass mehr zwischen uns nicht laufen wird. Wenn ich irgendetwas tun kann, um ihr zu helfen, dann will ich das gerne machen. Hilf mir, damit ich Maddy helfen kann. Bitte."

Sie zögerte, aber schließlich entschied sie sich, mir reinen Wein einzuschenken.

„Es ist ihr Vater. Er ist krank."

„Wie krank?"

„Sehr. Man kann nichts mehr für ihn tun. Sie haben ihm nicht sagen können, wie viel Zeit ihm noch bleibt, aber sie sagten, er müsse es ruhig angehen. Es ist das Herz. Er hatte ein paar kleine Infarkte, die es kaputt gemacht haben. Der nächste Infarkt könnte ein größerer sein und das war es dann. Die Ärzte rechnen jederzeit damit."

Ich stand da und musste diese Information erst einmal verdauen. Ihr Vater war ein alter Mann, es war nicht verwunderlich, dass er herzkrank war. Aber dass er einfach in seinem Haus hockte und darauf wartete, dass er starb, das war schon arg.

„Und Maddy ist hier, um ihm finanziell unter die Arme zu greifen und bei ihm zu sein?"

Lorna nickte. „Das war der Plan. Sie wusste nicht, wie lange sie bleiben würde, aber sie brauchte etwas Solides, sicher genug, damit sie so lange bleiben konnte, wie ihr Vater sie brauchte. Lucy ist beschäftigt und wäre dazu ohnehin nicht die Richtige gewesen. Also ist Maddy eingesprungen, tut, was nötig ist und kümmert sich um alles, ohne dabei an sich selbst zu denken. Alex, sie hat ihr eigenes Glück nicht einmal im Sinn. Sie denkt nur an ihren Vater. Ich schätze …" Sie hielt inne und schüttelte den Kopf. „Im Ernst, sie bringt mich um, wenn ich dir das sage, aber ich schätze, sie liebt dich. Ich glaube nicht, dass sie je damit aufgehört hat. Die Umstände haben es leider verhindert. Nun denkt sie, wenn sie dich wieder in ihr Leben lässt, dann stellst du alles auf den Kopf und bringst Probleme, während sie doch nur versucht, ihrem Vater die letzten Monate möglichst angenehm zu machen."

Ich atmete tief durch und bedankte mich bei Lorna für die offenen Worte, dann verließ ich die Praxis und trat hinaus in die Frühlingssonne. Ich wusste, was ich zu tun hatte.

10

adison

Mein Telefon klingelte, als ich gerade die Tür zur Praxis abschloss. Lorna war schon nach Hause gegangen. Angesichts der vorgerückten Stunde nahm ich an, dass es sich um meinen Vater handelte und machte mir sogleich Sorgen, dass etwas nicht in Ordnung war.

Ich nahm das Handy aus der Tasche und sah, dass es Alex' Nummer war.

Einen Moment lang war ich im Zwiespalt. Sollte ich dran gehen oder nicht? Sein Verhalten in den letzten Monaten war überhaupt nicht einzuschätzen gewesen, mal heiß, mal kalt. Ich hatte gedacht, dass wir uns einig waren, jenseits von beruflichen Angelegenheiten keinerlei Kontakt mehr zu haben. Daher nahm ich das Gespräch entgegen.

„Hallo?"

„Ich kürze die Sache sofort ab", sagte Alex. „Ich brauche dich hier draußen. Es ist Pineapple, ich glaube, das Fohlen kommt."

„Gib mir fünfzehn Minuten. Ich beeile mich, so schnell ich kann."

Ich beendete das Gespräch, warf das Handy in meine Handtasche und suchte die Sachen zusammen, die ich brauchen würde. Außer der Tatsache, dass Pineapple noch sehr jung war, gab es auch andere Risiken bei einer Geburt. Sie war gesund, aber sehr klein, sie würde vielleicht in Panik geraten.

Ich rannte hinaus zu meinem SUV, warf die Tasche auf den Rücksitz, stieg ein und raste aus der Stadt, hinaus zur Ranch der Killarnys. Die Straße war leer, ich würde nicht lange brauchen. Allerdings konnte ich am Horizont bereits schwere, dunkle Wolken erkennen. Ein Sturm zog auf. Das war für diese Jahreszeit in Kentucky nicht ungewöhnlich. Die Luft war geradezu elektrisiert. Ich bog in eine Seitenstraße ein und fuhr direkt bis zum Stall der Killarnys. Aus den grauen Wolken zuckten Blitze und schienen den Himmel für eine Sekunde in zwei Hälften zu spalten. Ein Schauer lief mir über den Rücken, als ich den Wagen abstellte und zum Stall hinüberrannte, in dem Pineapple untergebracht war.

Im Stall war es dunkel, bis auf eine einzelne Lampe in einer der größeren Boxen. Ich erkannte Alex' hochgewachsene Silhouette und schnappte nach Luft. Er stand da, beeindruckend und offenbar Herr der

Lage, aber ich kannte mich besser mit diesen Angelegenheiten aus als er. Und ich kannte auch Alex gut genug, um zu wissen, dass sich hinter all seiner Stärke und Zuversicht die Angst verbarg, etwas könnte furchtbar schiefgehen. Nach allem, was im vergangenen Jahr passiert war, wäre es einfach zu viel gewesen, nun auch noch ein Pferd zu verlieren. Ich musste alles in meiner Macht stehende tun, um der jungen Stute bei der schwierigen Geburt zu helfen.

Ich eilte zu ihm und er drehte sich zu mir um.

„Danke, dass du so schnell gekommen bist", sagte er und wandte sich wieder zu dem Pferd um, das offensichtlich Schmerzen hatte und einen ziemlich verängstigten Eindruck machte.

„Es scheint sehr schnell zu kommen. Ich habe dich sofort angerufen, als ich sah, was mit ihr los war."

Ich ging näher zu der Stute hin,

murmelte leise beruhigende Worte und tat, was möglich war, um ihr zu vermitteln, dass ich ihr helfen und nicht schaden wollte. Ich streckte meine Hand aus und spürte die Wärme ihres Körpers unter ihrem goldenen Fell.

Unter meiner Berührung zuckten ihre Muskeln, sie machte einen sehr verunsicherten Eindruck. Das war auch in ihrem Blick zu erkennen. Aber da war auch noch etwas anderes. Sie schien zu erkennen, dass sie einfach den Dingen ihren natürlichen Lauf lassen musste, ihr Körper würde schon wissen, was zu tun war.

„Heute Morgen wirkte alles noch ganz normal. Sie war überhaupt nicht unruhig. Normalerweise erkenne ich ziemlich gut, ob eine Stute abfohlt, aber sie verhielt sich ganz normal."

Ich nickte und zog mich zurück. Aus meiner Tasche holte ich ein paar Instrumente, dann kehrte ich in den Stall zurück und untersuchte die Stute gründlich. Alles sah aus, als würde es normal verlaufen. Mir blieb nichts anderes zu tun, als zu beobachten und sie zu beruhigen. Was ich nicht genau berechnen konnte, war das Gewicht des Fohlens. Dies war eine Frühgeburt, soweit ich das sagen konnte. Es sei denn, der Hengst hatte nicht nur einen Ausflug zu den Stuten auf die Weide gemacht.

„Wir können nur abwarten, sonst nichts", sagte ich und stellte mich neben Alex.

„Nun, wenn es sonst nichts gibt, dann musst du nicht bleiben. Ich kann sie im Auge behalten und sage dir Bescheid, wenn sich etwas ändert." Seine Worte sagten das eine, aber seine Körpersprache sagte mir etwas ganz anderes. Es war offensichtlich, dass er sich Sorgen machte, wie die junge Stute mit der Geburt zurechtkommen würde.

Ich schüttelte den Kopf. „Nein, ich werde hier bei ihr bleiben. Dies ist ihr erstes Fohlen und das kann schon ein wenig problematisch werden, erst recht angesichts ihres Alters und der Tatsache, dass es etwas zu früh kommt. Wobei letzteres nur eine vorsichtige Schätzung ist, so genau kann man das bei Pferden einfach nie vorhersagen, wie du weißt. Wir können nur abwarten und hoffen, dass sie und das Fohlen alles gut überstehen."

Durch die geöffnete Stalltür hörte man draußen einen Donner grollen. Ich blickte hinaus und sah, dass es ziemlich dunkel geworden war, nichts als graue Sturmwolken. Und der Wind schüttelte bereits kräftig die Bäume durch. Es würde ein heftiges Unwetter geben und es war nicht abzusehen, wie die Nacht verlaufen würde, hier drinnen und da draußen.

„Sieht übel aus da draußen", sagte er.

Ich nickte. „Das sieht nach einem ziemlich heftigen Sturm aus."

„Wenn es zu schlimm wird, können wir von hier aus immer noch in den Keller flüchten."

Ich seufzte. Genau das, was uns noch gefehlt hatte. Ein Tornado.

Alex schob zwei große Eimer vor die Box, auf denen wir sitzen konnten. Ich war dankbar, auch wenn es unbequem war, endlich sitzen zu können, nachdem ich beinahe den ganzen Tag damit zugebracht hatte, Rinder zu impfen. Wir schwiegen eine Weile, denn keiner von uns beiden wusste, wo wir anfangen sollten, wenn wir jemals wieder normal miteinander reden wollten. Seit Monaten gingen wir einander aus dem Weg, taten so, als sei nichts gewesen und lebten einfach unser Leben. Wir waren uns in der Stadt hin und wieder über den Weg gelaufen und ich hatte hier meine regelmäßigen Termine wahrgenommen, aber ansonsten hatte es zwischen uns keinen Kontakt mehr gegeben. Einerseits fehlte er mir, aber ich wusste, solange die Dinge so blieben, wie sie waren, konnte zwischen uns nichts laufen. Egal, wie sehr mein Körper sich nach seinem sehnte.

Wir beobachteten die Stute schweigend, ich stand hin und wieder auf, um sie zu untersuchen und um sicherzugehen, dass sie nicht unruhig wurde. Sie machte nun nicht mehr den Eindruck, in Panik zu geraten, was gut war. Die größte Gefahr bestand darin, dass sie sich nicht in der Lage fühlen würde, das Fohlen herauszupressen. Darüber machte ich mir schon Sorgen, seit ich festgestellt hatte, dass sie trächtig war. Aber sie war in einer sehr guten Verfassung, daher nahm ich an, die Natur würde einfach ihren Lauf nehmen. Es bestand keine Gefahr für Pineapple oder das Fohlen.

„Ich muss dir etwas sagen", meinte Alex, als ich mich wieder zu ihm auf den Eimer setzte. „Ich weiß über deinen Dad Bescheid."

Ich blickte ihn überrascht an. „Was meinst du damit? Was weißt du?"

Er zuckte mit den Achseln. „Ich

habe Lorna ein wenig gelöchert und sie gefragt, was denn wirklich los war. Wieso du tatsächlich wieder hergekommen bist. Mir war klar, dass du nicht ohne sehr guten Grund in diese Stadt zurückkommen würdest. Es war nie dein Plan gewesen, jemals wieder hier zu leben, wieso solltest du also auf einmal hier eine Praxis übernehmen wollen? Mir war klar, dass es einen anderen Grund geben musste, warum du wieder in Ashland bist."

Ich schluckte schwer und atmete tief durch. „Was hat Lorna dir gesagt?" Ich hoffte, sie hatte nicht alles gesagt. Ich wollte nicht, dass Alex erfuhr, wie schlimm es stand und wie verzweifelt unsere Lage war. Ich wollte auf gar keinen Fall sein Mitleid.

„Alles. Dass dein Vater krank ist und dass man für sein Herz leider nichts mehr tun kann."

Ich nickte. Es laut ausgesprochen zu hören, machte mich etwas sprachlos.

Alex nahm meine Hand und drückte sie sanft.

„Ich möchte, dass du weißt, dass du nicht allein bist. Du musst damit nicht allein fertig werden. Du hast Menschen um dich herum, die dich lieben und dir helfen können. Was immer du brauchst, du musst nur danach fragen."

„Du weißt, dass ich das nicht kann." Ich blickte hinunter auf seine Hand, die meine hielt.

„Ja, das weiß ich. Daher habe ich ein paar Dinge selber in die Hand genommen."

Er ließ mich los, stand auf und hing zu einem der Regale an der Wand hinüber. Er holte etwas aus einem Ordner heraus und kam damit zu mir zurück.

„Es ist der Eintrag im Grundbuch. Das Land ist nun wieder auf euch eingetragen. Das sollte die Dinge vereinfachen, wenn dein Dad …, also, wenn er …"

Ich blickte ihn mit großen Augen

und offenem Mund an. „Was …, was hast du getan?"

„Ich habe euch das Land zurückgegeben. Es wurde deinem Vater weggenommen und es war das Mindeste, was ich tun konnte. Nun gehört es wieder euch."

„Aber wie denn? Ich dachte, es wäre alles furchtbar kompliziert?" Es konnte unmöglich so einfach sein, dass er es uns bloß wieder überschreiben musste. Es gehörte seinem Vater, nicht ihm, er konnte es uns also gar nicht überschreiben.

„Ich habe es gekauft."

Ich streckte meine Hand aus und hielt mich an seiner Schulter fest, um nicht von meinem Eimer zu fallen.

„Nein, Alex, das geht nicht."

Er zuckte mit den Achseln. „Schon passiert. Es war das Richtige, Maddy. Es gehört euch. Es steht dir und deiner Schwester zu, wie es vorher deinem Vater zustand. Es war nicht fair, wie alles gelaufen ist, und ich hatte mir vorgenommen, die Sache wieder in Ordnung zu bringen, falls es mir möglich wäre. Mein Vater hätte das nicht getan, muss ich leider sagen. Ich hoffe, du kannst es ihm eines Tages vielleicht verzeihen, aber ich verstehe, wenn das zu viel verlangt wäre. Streng genommen verdient er es auch gar nicht. Aber ich hoffe, dass du nun zumindest wieder mit mir sprichst."

Ohne auch nur darüber nachzudenken, beugte ich mich vor und umarmte Alex, zog ihn an mich und hielt ihn fest.

„Danke", flüsterte ich. „Ich weiß nicht, wie ich in Worte fassen soll, was mir das bedeutet."

Alex hielt mich, streichelte mein Haar und strich mir eine Strähne aus dem Gesicht.

„Du schuldest mir nichts, ich hätte es früher oder später erwähnt, aber jetzt erschien mir ein idealer Zeitpunkt dafür."

Draußen donnerte es, schon viel

näher als vorher, und es begann zu regnen. Ich blickte zu Alex auf, er sah mich ruhig aber erwartungsvoll an. Ich lehnte mich nach vorn, küsste ihn sanft auf den Mund und lächelte.

„Ich habe keinerlei Erwartungen daran geknüpft. Ich wollte nur das Richtige tun. Es wäre allerdings schön, wenn wir uns fortan nicht mehr aus dem Weg gehen würden."

„Ich werde dir nicht mehr aus dem Weg gehen." Ich legte meinen Kopf auf seine Schulter.

Dann blickte ich hinüber zu Pineapple. Die Wehen der Stute kamen schneller. Ich ging zu ihr, um sie zu untersuchen. In ein paar Stunden würde sie es hinter sich haben. Ich betete im Stillen, dass alles gut ausgehen möge.

EINE WEILE später blinzelte ich ins Licht und versuchte zu verstehen, was los war.

„Wir haben es verschlafen", sagte Alex und regte sich neben mir auf dem Stallboden.

Wir hatten definitiv etwas verschlafen. Ich blickte in die Box und sah Pineapple, wie sie ihr Fohlen ableckte. Es hatte dieselbe Fellfarbe wie die Mutter. Offenbar war alles gut verlaufen, auf den ersten Blick konnte ich nichts erkennen, was mir Sorge bereitet hätte.

Ich stand auf, untersuchte die Mutter und das Fohlen und bestätigte meinen ersten Eindruck. Sie waren beide gesund und machten einen munteren Eindruck. Ich erledigte alles Nötige, entfernte die Reste der Plazenta und räumte das nasse Stroh weg. Den Rest würde Mutter Natur erledigen.

Pineapple blieb dicht bei ihrem Fohlen und es war erfreulich zu sehen, dass ihre Mutterinstinkte voll entwickelt waren. Bei jungen Stuten war das oft ein Problem, aber in diesem Fall gab es keinen Grund zur Sorge.

Ihre Milch schoss ein und ich ging davon aus, dass das Fohlen bald trinken würde.

„Tja, das wäre es erst einmal. Ich werde später noch einmal nach ihnen sehen, aber sie machen beide einen sehr guten Eindruck."

Alex lächelte. „Das freut mich zu hören."

Ich blickte mich noch einmal um, ob ich nichts übersehen hatte, dann entschied ich, dass es Zeit für mich wäre, nach Hause zu fahren. Es gab keinen Grund, noch länger hierzubleiben.

„Ich mache mich dann mal wieder auf den Weg."

Er schüttelte den Kopf. „Du bist ganz schmutzig, so kannst du nicht in dein Auto steigen. Komm mit ins Haus und nimm schnell eine Dusche. Ich besorgte etwas zu essen. Das war eine lange Nacht für uns beide."

Ich folgte Alex zu Fuß zu seinem Haus, ich war ziemlich erledigt. Das wurde mir erst so richtig bewusst, als ich sein Haus betrat und das dringende Bedürfnis verspürte, mich einfach auf die Couch zu legen. Aber das ging natürlich nicht in meinem verdreckten Zustand.

Alex nahm mich bei der Hand und führte mich hinauf ins Bad und stellte das heiße Wasser an. Sofort breitete sich warmer Wasserdampf im Bad aus.

„Da ist alles, was du brauchst, aber wenn etwas fehlt, sag Bescheid."

Er drehte sich um und ich packte ihn am Arm und zog ihn zu mir.

„Bleib hier."

Er musterte mich, ohne etwas zu sagen, dann nickte er und half mir, mich auszuziehen.

Unter der Dusche war er zärtlich, wusch mir das Blut und den Dreck ab und was sonst noch an mir klebte. Ich sah dem Wasser nach, wie es über seine Brust lief, lehnte mich an ihn und genoss die Wärme des Wassers und seines Körpers. Er legte seine kräftigen

Arme um mich, ich fühlte mich sicher. Ich war genau da, wo ich hingehörte. Mehr als alles andere wollte ich diesen Mann. Er war mein Zuhause und alles, was ich mir immer gewünscht hatte.

Alex stellte die Dusche ab, trat heraus und trocknete uns beide mit einem Handtuch ab. Dann führte er mich ins Schlafzimmer. Wir waren bereits nackt, es gab nichts, was uns hinderte, den nächsten Schritt zu tun, aber wir wussten beide, was wir wollten.

Seine starken Hände waren gleichermaßen zärtlich und aufreizend, er streichelte meinen Hals, hinunter zu meinen Brüsten. Mit dem Finger malte er Ringe um meine Brustwarzen, bis sie sich aufrichteten. Unter seinen Berührungen kribbelte meine Haut und reagierte auf jedes kleinste Detail. Er beugte sich vor und küsste sie, saugte daran und ich keuchte auf. Es war perfekt, aber ich wollte dennoch mehr. Er nuckelte eine Weile daran, aber dann wurde es auch für ihn etwas drängender.

„Ich will dich", sagte er, sah mich an und ging mit mir zum Bett.

Ich legte mich hin und zog ihn an mich. Als er sich auf den Rücken drehte und mich auf sich zog, packte mich die Erregung. Ich griff seinen steifen Penis, er war bereit für mich, brachte mich darüber in Position und ließ mich auf ihn nieder. Meine Pussy war feucht und ich konnte es kaum erwarten, bis er mich ganz ausfüllte.

Es machte Spaß, selber die Kontrolle zu haben, ich wippte auf und ab, spürte, wie er tief in mich eindrang, mit jedem Stoß trieb er mich mehr in den Wahnsinn und brachte mich meinem Höhepunkt näher.

„Du bist so unglaublich, Maddy", quetschte er mühsam hervor. Ich sah ihm an, dass es ihn Kraft kostete, sich zurückzuhalten. Ich wollte das aber gar nicht. Ich wollte, dass er sich gehen ließ, dass er mich ausfüllte. Ich wollte, dass er verstand, dass ich ihm gehörte und immer schon gehört hatte. Es gab für mich kein Zurück mehr. Ich konnte nicht länger verleugnen, was er mir bedeutete.

Ich beschleunigte meine Bewegungen, er keuchte auf, dann wurde ich wieder langsamer und grinste auf ihn herab.

„Verdammt", stieß er hervor, „hör nicht auf, Maddy. Oder ich schwöre, ich drehe dich um und ficke dich so hart, …"

So verführerisch der Gedanke auch war, auf den Rücken geworfen zu werden, ich wollte doch lieber die Kontrolle behalten. Daher ritt ich wieder schneller auf ihm und behielt das Tempo nun bei. Ich fing an, meine Klitoris zu reiben, dann schrie ich auf und kam, mit ihm in mir drin. Auch er bekam einen Orgasmus, brüllte auf, packte meine Hüften und rammte in mich hinein.

Ich beugte mich vor und legte mich

auf seine Brust, noch immer war er in mir drin.

„Ich liebe dich", sagte er so leise, dass ich ihn kaum verstehen konnte.

„Ich liebe dich auch", flüsterte ich in sein Ohr. „Ich wünschte, ich hätte das früher erkannt."

Alex schüttelte den Kopf und blickte mir tief in die Augen. „Das alles liegt nun hinter uns. Du gehörst zu mir."

Einige Monate später, ich war inzwischen in Alex' Haus auf dem Anwesen der Killarnys eingezogen, da machte das Paar, welches Pineapple hatte kaufen wollen, einen Rückzug vom Geschäft. Sie wollten lieber ein anderes Pferd kaufen. Das bedeutete, dass sowohl Pineapple als auch das Fohlen Yellow Nevada auf der Ranch bleiben würden, und es war Alex anzusehen, dass Alex darüber sehr erfreut war.

Mein Vater lebte noch einige Monate, er sah mich zusammen mit Alex und verstand, dass Alex nicht wie sein Vater war, mit dem es nie eine Versöhnung gegeben hatte, und er wünschte uns gemeinsam alles Gute für die Zukunft. Als er schließlich starb, war er glücklich und dankbar, dass Alex uns das Land zurückgegeben hatte. Lucy und ich teilten es auf, ich behielt den Teil, der an das Land der Killarnys grenzte.

Im Herbst saßen wir in der Schaukel auf der Veranda vor Alex' Haus, das nun auch mein Haus war, und sahen dem jungen Fohlen beim Spielen auf der Weide zu, wie er fröhlich durch das Gras hüpfte.

Alex fuhr mit den Fingern durch meine roten Locken und ich lehnte mich an seine Schulter.

„Glücklich?", fragte er.

Ich lächelte und küsste ihn auf den Mund. Ich dachte daran, wie sehr mir das gefehlt hatte und wie viele solche

Küsse ich von ihm wohl noch bekommen würde in meinem Leben.

„Glücklich", antwortete ich und blickte zur untergehenden Sonne am Horizont, während das Fohlen in der Ferne wieherte.

―――

Lies Gelegen kommen nächstes!

Dieser alleinerziehende Vater scheut sich nicht, die Ärmel hochzukrempeln und sich die Hände schmutzig zu machen…

Das Haus auf der anderen Straßenseite sollte eigentlich mir gehören. Der Plan stand bereits, es herrichten und dann wieder verkaufen. Damit würde ich genug Geld zusammenbekommen, um in den Westen zu meinem kleinen Mädchen zu ziehen. Doch dann schnappte es mir ein Gebot in letzter Minute vor der Nase weg.

Wie man einen Cowboy hält

Meine neue Nachbarin treibt mich in den Wahnsinn. Georgie hat eine große Klappe, Feuer im Hintern und endlos lange Beine. Sie ist sehr gut darin, mich kirre zu machen. Sie weiß genau, welche Knöpfe sie drücken muss, als hätte sie einen Kurs darin belegt, wie ich ticke. Ich vermute, dass das ihre Version eines Verteidigungsmechanismus ist, aber ich stehe jetzt mit einem zerstörten Traum… und einem gewaltigen Ständer da.

Ich will sie. Ich brauche sie.

Ich hasse sie auch irgendwie.

So sehr ich mich auch bemühe, ich kann mich nicht von ihr fernhalten.

Georgies Unerfahrenheit im Umgang mit Elektrowerkzeugen wird noch das Haus über ihrem Kopf einstürzen lassen. Das Mindeste, das ich tun kann, ist ihr zur Hand zu gehen. Ihr zu zeigen, wie man es richtig macht. Sie umzudrehen und an die Wand zu nageln.

Und als ich schließlich eine Kostprobe von ihr erhasche, bin ich Feuer und Flamme. Bleibe an ihrer scharfkantigen Seele hängen.

Jetzt bin ich hin und her gerissen zwischen dem Wunsch, ein neues Leben mit meiner Tochter zu beginnen und Georgies angeschlagenes Herz zu heilen.

Lies **Gelegen kommen** nächstes!

BÜCHER VON JESSA JAMES

Bad Boy Billionaires
Lippenbekenntnis

Rock Me

Holzfäller

Das Geburtstagsgeschenk

Billionaire Bad Boys Bücherset

Der Jungfrauenpakt
Der Lehrer und die Jungfrau

Seine jungfräuliche Nanny

Seine verruchte Jungfrau

CLUB V
Entfesselt

Entjungfert

Entdeckt

Zusätzliche Bücher

Fleh' mich an
Die falsche Verlobte
Wie man einen Cowboy liebt
Wie man einen Cowboy hält
Gelegen kommen
Küss mich noch mal
Liebe mich nicht
Hasse mich nicht
Höllisch Heiß

ALSO BY JESSE JAMES (ENGLISH)

Bad Boy Billionaires

Lip Service

Rock Me

Lumber Jacked

Baby Daddy

Billionaire Box Set 1-4

The Virgin Pact

The Teacher and the Virgin

His Virgin Nanny

His Dirty Virgin

Club V

Unravel

Undone

Uncover

Cowboy Romance

How To Love A Cowboy
How To Hold A Cowboy

Beg Me
Valentine Ever After
Covet/Crave
Kiss Me Again
Handy
Bad Behavior
Bad Reputation
Dr. Hottie

ÜBER DIE AUTORIN

Jessa James ist an der Ostküste aufgewachsen, leidet aber an Fernweh. Sie hat in sechs verschiedenen Staaten gelebt, viele verschiedene Jobs gehabt und kommt immer wieder zurück zu ihrer ersten großen Liebe – dem Schreiben. Jessa arbeitet als Schriftstellerin in Vollzeit, isst zu viel dunkle Schokolade, ist süchtig nach Eiskaffee und Cheetos und bekommt nie genug von sexy Alphamännchen, die genau wissen, was sie wollen – und keine Angst haben, dies auch zu sagen. Insta-luvs mit dominanten,

Über die Autorin

Alphamännern liest (und schreibt) sie am liebsten.

HIER für den Newsletter von Jessa anmelden:
http://bit.ly/JessaJames

www.ingramcontent.com/pod-product-compliance
Lightning Source LLC
LaVergne TN
LVHW012101070526
838200LV00074BA/3893